KB074897

출동 중인
119구급대원입니다

# 출동 중인
## 119구급대원입니다

윤현정 지음

세상을 구하는 한마디

RHK
알에이치코리아

"자살 신고가 들어왔습니다. 지금 즉시 현장으로 출동해 주세요."

근무 시작부터 출동 지령의 내용이 심상치 않다. 자살을 결심한 사람이 미리 119에 예약문자를 보내놓고 목을 맸다고 한다. 현장으로 출동하면서 계속 그의 핸드폰 번호를 누르며 연락을 시도했지만 되돌아오는 건 통화 연결음뿐. 현장에 도착해 강제로 문을 열고 집 안으로 들어가니 삭막한 고요가 우리를 맞이했다. 눈에 먼저 들어온 건 현관 신발장에 놓인 위협적인 칼이었다. 눈을 두리번거리다 이내 한 인영을 발견했다. 119에 자살 예약문자를 보낸 그 사람은… 이미 목을 매고 난 뒤였다. 그 흔한 가전제품 하나 없는 텅 빈 공간에 목을 맨 그와 칼, 그리고 부재중 전화가 찍힌 핸드폰과 유서만이 쓸쓸히 남아 있었다.

나는 평소 공포 영화라면 질색을 하는 사람이다. 어쩔 수 없이 무서운 영화를 보게 되더라도 눈을 감고 귀를 막는다. 뉴스나 신문을 장식하는 사회의 폭력적이고 어두운 사건, 사고는 보기만 해도 머리가 지끈거리고 속이 울렁인다. 하지만 나는 내 직업 때문에 공포와 두려움을 떨치고 눈앞의 현장을 침착하고 묵묵하게 처리할 수밖에 없다.

나는 소방관이다. 그중에서도 119구급대원이다. 사람들은 보통 '소방관' 하면 화재를 진압하는 일만 떠올리는데, 현장에서 근무하는 소방대원들은 크게 진압대, 구조대, 구급대로 나뉘어 활동한다. 진압대는 말 그대로 화재 진압을 담당하고, 구조대는 화재 현장을 비롯해 각종 재난 현장에서 인명을 구조하는 일을 하며, 구급대는 응급 현장에서 응급환자를 상담하고 처치하며 이송하는 일을 맡는다.

하루에도 쉴 새 없이 출동을 알리는 벨 소리가 울리고, 현장에는 늘 몸과 마음의 인내심을 시험하는 스펙터클한 사건, 사고가 기다린다. 나는 소방제복을 입고 있는 구급대원이기에 출동 지령을 받으면 무조건 현장에 진입해야 한다. 그것이 내 일이고 내게 주어진 임무다. 하지만 건물에서 투신해 사지가 뒤틀린 사람의 시신을 수습해야 하거나 교통사고 현장에서 얼굴이 갈리고 피로 뒤덮인 환자를 마주해야 할 때면 아직도 긴장되고 온몸의 피가 마른다.

소방관만 되면 슈퍼맨처럼 많은 생명을 구하고, 영화 속 화재 현장에서처럼 과감하고 멋지게 불을 끌 수 있을 줄 알았다. 그러나 나는 하나하나 배워나가야 할 게 더 많은 신규 소방관일 뿐이었다. 화재 현장에서는 선배 뒤만 따라다니기 급급했고, 구급 출동은 매 순간이 새롭고 드라마틱한 일로 가득했다. 덜컥 두려운 마음에 휩싸이는 일도 다반사였다. 하지만 "두려움에 맞서기로 결심한 순간, 두려움은 증발한다"는 앤드류 매튜스의 말처럼, 두려움에 맞서 거침없이 현장에 들어가기로 마음먹었더니, 점점 괜찮아졌고 하루하루 익숙해졌다. 그렇게 사건, 사고 현장의 밑바닥을 온몸으로 누비며 이제 겨우 소방관이라는 이름이 부끄럽지 않을 정도가 됐다.

내가 처음 소방관이란 직업을 마음에 두었을 땐 소방관이나 구급대원, 특히 여성 소방관의 이야기를 찾아보기가 어려웠다. 그때 멘토로 삼을 만한 선배나 이 일을 간접 경험할 수 있는 매개체가 있었다면 지금의 내가 조금은 더 달라졌을까.

그래서 이 일을 하면서 틈틈이 사유했던 것들을 차곡차곡 기록하기 시작했다. 세상의 모든 이야기가 압축되어 있는 응급 현장의 민낯과 그곳에서 만난 사람들, 그들을 통해 배우고 얻은 교훈, 알고 있으면 유용할 응급처치 지식. 이 모든 걸 찬찬히 써 내려가다 보니 한 권의 책으로 선보이고 싶은 욕심이 들었다. 누군가와 치열하고 열정적인 소방관의 일상을 공유하고 싶었다. 이 책은 어느 소방관의 고군분투기이자 현장 적응기이며, 우리의 세계를 소개하는 초대장이다.

조금은 남다른 내 직업 이야기가 진로로 고민 많은 사람들에게, 소방관의 일상이 궁금한 사람들에게, 숨통 트이는 작은 실마리가 되었으면 한다. 오늘을 살아가는 누군가에게 재미와 공감을, 또 다른 누군가에게는 위안을 주고 싶다.

차례

**Part 2**  그럼에도 불구하고, 출동합니다

## Part 3  내가 단단해야 누군가도 돕습니다

## Part 4 함께여서 오늘도 행복합니다

세상 모든 이야기는,
현장에 있습니다

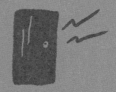

# 출동 중인
# 119구급대원입니다

"출동 중인 119구급대원입니다!"

구급차에 탑승해 신고자와 통화를 할 때 내가 처음
하는 말이다. 구급대원은 신고한 사람에게 현장 상황
을 자세히 물어보고, 필요한 구급 장비가 무엇일지 미
리 생각하고 준비해야 하기에 출동하면서 가장 먼저
신고자에게 전화를 한다.

이날은 심정지 추정 지령을 받고 출동하는 중이었
다. 이렇게 '심정지 추정'으로 출동할 때는 현장으로 향하는 구급차 안에서도 해야 할 일들이 많다. 우선 심정지 추정 환자가 발생해서 현재 출동하고 있음을 의료지도 담당 의사에게 전화로 알린다. 그리고 일반적인 상황에서보다 더 크고 무거운 장비들을 챙긴다. 또한 신고자와 통화해 언제 그 증상이 발생했는지, 심폐소생술은 진행하고 있는지 묻고, 진행하고 있다면 올바른 방법으로 하고 있는지 확인한다. 무엇보다도 골든타임 내에 도착하기 위해 다른 출동보다 액셀을 더 밟는다. 최대한 빨리 도착하려다 보니 구급차의 흔들림이 더 심해진다. 그에 맞춰 내 마음도 요동친다.

119상황실에서 AVL 단말기를 통해 환자의 위치를 보고 현장에 도착했다. 다급히 무거운 장비들을 이고 지고 상가 건물의 계단을 뛰어 올라갔으나 아무런 인기척이 없다. 다시 신고자에게 전화해 구급대의 현재 위치를 알렸더니, 전화를 뚫고 나오는 날카롭고 격양된 신고자의 목소리.

"도대체 왜 거기에 있어요????!!! 거기 아니라고요!!! 도대체 거기서 뭐 하시는 거예요!!!!! 거기 아니니

세상 모든 이야기는, 현장에 있습니다

까 빨리 와요. 빨리!!!!!!"

순간 정신이 멍해질 정도였다. 하필 같은 시간에 출동한 후착구급대도 잘못된 환자 주소지에 도착해서 출동한 대원들이 모두 내가 통화하는 소리를 듣게 되었다. 다시 정신을 다잡아 흥분한 신고자에게 차분히 말했다. "네~ 저희가 최대한 일찍 도착할 수 있게 주소를 알려주세요."

하지만 신고자도 그 집에 사는 사람이 아니었는지 주소를 정확히 알지 못하는 상황이었다. 이럴 때는 신고한 사람의 마음을 진정시키는 게 첫 번째다. 그의 마음을 다독여가며 주변 지물 정보를 이용해 무사히 현장에 도착할 수 있었다. 다행히도 신고자가 삿대질을 하거나 멱살을 잡는 등의 일은 벌어지지 않았다. 우리는 즉시 심정지 환자에게 응급처치를 시작했고, 의료지도 의사의 지시에 맞게 현장에서 처치를 한 뒤 병원으로 환자를 이송했다.


도움이 필요한 사람이 119 버튼을 누르면, 제일 먼저 소방종합상황실 직원이 전화를 받는다. 상황실에서는 도움이 필요한 사람에게 가장 빨리 도착할 수 있는 소방 출동대에 지령을 내리고, 소방서나 119안전센터에서 일하는 대원들은 지령서를 받고 현장으로 출동한다. 이때 현장으로 출동하는 대원들은 정확한 위치와 구체적인 현장 상황을 파악하기 위해서 다시 신고자에게 전화를 한다.

생초보였던 신입 소방관 시절에는 이 통화의 시작을 "119구급대원입니다"라고만 했었다. 그런데 이렇게만 말하면 가뜩이나 흥분 상태인 신고자 입장에서는 '아직 출발도 안 하고 전화만 하는구나!'라고 오해할 수도 있을 것 같았다. 그래서 조금씩 이 생활에 적응하고부터는 꼭 "출동 중인"이라는 말을 붙이게 되었다.

신고자가 환자의 정확한 위치를 확인해 주는 일은 무엇보다 중요하다. 혹시라도 있을지 모르는 주소 오류를 바로잡고, 1초라도 빨리 환자에게 도착할 수 있기 때문이다. 가령, 같은 이름의 아파트가 신사동에도 있고, 압구정동에도 있을 수 있다. 신고자는 101동이라고 했는데 119상황실 직원이 신고 전화를 받았을 때는

세상 모든 이야기는, 현장에 있습니다

102동이라고 들어 지령을 잘못 내리는 일도 있고, 신고자가 흥분 상태여서 1004호를 104호로 이야기하는 경우도 있다. 요즘은 비슷한 아파트 이름이 많아서 아파트 전체 이름을 정확하게 확인해야 할 때도 있다. 한편, 그 지역 사람이 아닌 신고자가 길을 가다가 갑자기 발생한 환자를 보고 신고한 경우에는 주변 지리를 잘 몰라서 정확한 환자 발생 위치를 파악하기가 어렵기도 하다. 특히 산이나 시골 골목골목 외진 곳에 있는 집들의 경우에는 더더욱 그렇다.

현장에 도착했는데 그곳이 잘못된 주소지일 때는 정말 당황스럽다. 현장은 나 혼자만 출동하는 것이 아니라 최소 두세 명, 상황에 따라 열 명이나 그 이상이 출동할 수도 있다. 이렇게 다수의 소방대원이 잘못된 주소지에 있으면, 빠른 시간 내에 적절한 처지를 제공하지 못해 환자의 예후에 부정적인 영향을 끼칠 수도 있다.

그래서 소방관에게는 관내의 지리를 정확히 파악하고, 통화를 통해 핵심을 파악하는 질문을 할 줄 아는 능

력이 필요하다. 가령 지령서에 A아파트가 출동 주소지
라고 적혀 있으면 "○○동에 A아파트 맞으시죠?" 하고
다시 확인해야 한다.

요즘 아파트들은 지상으로 진입이 어렵고 지하 주
차장으로 바로 연결되도록 설계되는 경우가 있다. 소
방차량은 다른 일반 자동차에 비해 대부분 크기가 크
기 때문에 아파트 내 진입 여부를 알아두거나 아파트
단지 내에 환자가 발생한 동의 위치를 미리 알아두면
분초를 다투는 응급 현장에서 요긴하게 사용할 수 있
다. 만약 환자의 거동이 가능하다면 '몇 동 앞에서', '아
파트 입구에서'처럼 정확하게 환자와 약속을 하고 출동
하는 것이 바람직하다.

이를 위한 첫걸음이 출동하면서 신고자에게 전화를
하는 것이다. 그러니 만약 119에 도움을 요청했을 때,
잠시 뒤 다시 구급대원으로부터 전화가 온다면 의아하
게 생각하지 말고, 침착하게 위치를 알려주시길.

전화하는 것에서부터 구급대원의 업무는 시작된다.
"출동 중인 119구급대원입니다!"라는 말을 하는 순간

구급대원으로서 최선을 다해 임무를 수행해야 한다.

그리고 내 심장 박동의 울림은 점점 커져간다.

남자 대원은,
안 왔나요?


"아휴, 남자가 왔어야지~."

　환자를 들것에 올리려고 낑낑대는 나를 지켜보던
아주머니가 혀를 끌끌 차며 내뱉은 한마디에 힘이 쑥
빠져버렸다. 주룩주룩 흐르는 땀과 함께 119구급대원
으로서 내가 자격이 있는 걸까, 의문과 부끄러움이 밀
려왔다. 사건의 전말은 이랬다.


　오늘은 나를 포함해 두 명의 구급대원이 출동을 나
가는 날이었다. 대부분은 세 명이 한 팀의 '구급대'가 되

세상 모든 이야기는, 현장에 있습니다

어 출동 지령을 받고 현장으로 출동한다. 하지만 한 대원이 갑자기 부득이한 사정으로 연차를 쓰게 되면 운전하는 구급대원 한 명과 주 처치자인 나 한 명 이렇게 둘이서 출동을 한다.

출동 지령을 받고 도착한 곳은 복도식으로 되어 있는 아파트였다. 환자는 술에 취한 탓인지 의식이 명료하지 못했고, 나와 같이 출동한 구급대원의 부축을 받아 겨우겨우 현관 앞으로 나왔다. 현관 앞에 의자형으로 만들어놓은 주들것에 환자를 앉히려면 적어도 환자를 내 허리춤까지는 들어 올려야 했다. 그런데 환자의 몸무게가 일반 성인 남성의 평균보다는 많이 나가 보였다.

'하~ 좀만 더!' 애쓰는 소리가 집 안까지 들린 걸까, 밖에 있는 구급차를 보고 궁금해서였던 걸까, 갑자기 아주머니 두 분이 맞은편 문을 열어 고개를 빼꼼히 내밀고는 우리를 구경했다.

구령에 맞춰 환자를 들어 올리려 했는데 시간이 갈수록 힘은 더 빠졌고 환자는 자꾸 미끄러졌다. 그때 마치 TV를 시청하듯 구경하던 한 아주머니가 나보고 들

으라는 듯이 소리 내어 말했다. "아휴~ 남자가 왔어야
지~."

　이리저리 고군분투한 끝에 나는 환자를 주들것에
올렸고, 아주머니 두 분은 재미난 구경거리가 끝났다
는 듯 집으로 쏙 들어가버렸다.


　이런 일이 한두 번은 아니기에 일반 사람들의 반응
은 크게 담아두려 하지 않지만, 함께 일해야 하는 동료
가 그럴 땐 내 마음도 편치 않다. 실제로 소방 조직 내에
서도 여자 대원과 한 팀이 되기를 원하지 않는 동료가
있었다.

　어스름이 내려앉은 무더운 주말 저녁, 하필 그 구급
대원과 나 단둘이서만 현장으로 출동하게 되었다. 조
명 하나 제대로 없는 골목 깊숙한 곳을 걷고 걸어 환자
가 있는 곳에 도착했다. 한 사람이 간신히 지나다닐 정
도의 통로를 지나, 성인 남성이 고개를 빳빳이 들면 머
리가 부딪히는 높이의 문을 열고 환자에게 다가갔다.
환자는 의식이 처져 있었고, 하의는 벗은 상태로 온몸
에 변이 묻어 있었다. 집 안은 그가 누워 있을 공간을 제

세상 모든 이야기는, 현장에 있습니다

외하고는 갖가지 가재도구로 어질러져 있었다. 술을
따라 마시는 것으로 보이는 대접도 보였다.

다른 구급대원이 환자를 옮기기 위해 분리형 들것
을 가지러 간 사이, 나는 방 한구석에 걸려 있는 환자의
바지를 꺼내 주섬주섬 입혔다. 땀은 뻘뻘 나고 냄새도
많이 났다. 그런데 들것을 가지고 온 구급대원이 고개
를 계속 가로저으며 "아~ 그냥 남자랑 빨리 끝내고 싶
은데~"라며 탐탁해하지 않는 티를 내는 게 아닌가! 눈
을 찡그린 채, 나와 같이 현장에 와서 짜증이 난다는 걸
온몸으로 표현하고 있었다.

이럴 때 상대의 말에 일일이 반응하는 건 손해다. 나
는 행동으로 보여주고 싶었다. 환자는 제대로 먹지 못
한 탓인지 나보다도 몸무게가 적게 나가 보였고, 그 구
급대원과 충분히 들 수 있을 것 같았다. "나랑 같이 들
어요, 들 수 있어요!"라고 응수하며 그와 마주섰다. 결
국 나는 그와 함께 환자가 탄 들것을 들고 그 낮은 문과
좁은 통로를 지나 밖으로 나왔다. 그리고 환자를 무사
히 구급차에 실었다.

이 일을 계기로 나와 함께 출동하는 걸 별로 좋아하

지 않던 그의 태도가 조금씩 바뀌기 시작했다. 큰 화재 현장도 함께 겪고 계속해서 같이 센터 생활을 하며 좋은 현장 파트너가 되었다. 지금은 서로의 안부를 묻고 생일도 챙겨주는, 절친한 사이가 되었다.

물론 때로는 현장에서 구급대원 둘만으로 환자를 구급차까지 이송하기에 힘에 부칠 때도 있다. 100킬로그램이 넘는 거구의 환자를 계단을 통해서만 들것으로 이송해야 할 때가 특히 그렇다.

가만히 있어도 땀이 흐르던 무더운 여름날, 허리디스크가 있는 남성이 119에 신고를 했다. 환자의 집은 엘리베이터가 없는 빌라였는데, 계단이 무척이나 가파르고 그 수도 많았다. 우리는 환자에게 허리 보호대를 착용시킨 뒤 조심조심 계단형 들것에 앉혔다. 그리고 현관문을 나와 내가 아래에서 계단형 들것을 받치고 다른 구급대원은 위에서 잡았다. 그 순간 거의 100킬로그램의 환자가 내게 쏟아지듯 내려왔는데, 더 진행하다가는 나도 환자도 다칠 것 같아 도움을 청하기로 했다.

이럴 때는 보통 주변에 있는 사람들에게 도움을 요

청한다. 하지만 더위 탓인지 밖에 지나다니는 사람이 없었다. 결국 센터의 다른 대원들에게 지원을 요청했고, 그들과 함께 환자를 구급차에 실을 수 있었다.

나는 누군가에게 피해 주거나 신세 지는 게 싫다. 언제나 내가 할 수 있는 최선을 다하려 한다. 하지만 소방관은 현장에서 최선을 다하기보다는 잘해야 한다. 왜냐하면 현장은 남자인지 여자인지 성별을 가리지 않기 때문이다. 일반 시민들이 119대원에게 바라는 수준과 내가 최선을 다했을 때의 수준을 비교했을 때, 후자가 전자보다 낮다면 그것은 내게 잘못이 있는 것이다.

구급 출동 시 과체중의 환자를 업고 내려와야 한다거나, 화재 현장에서 닫힌 문을 부숴야 하는 일처럼 현장에서 힘이 필요한 순간을 마주할 때 일부 직원이 여자 대원과 같이 일하고 싶어하지 않는 마음이 이해가 되기도 하고, 때로는 미안하기도 하다. 한편으로는 지금까지 현장에서 나를 배려해 준 수많은 동료에게 무한한 감사를 느낀다.

이 직업을 갖기 전에는 일반적인 미의 기준에 부합하는 몸을 가지고 싶어 했다. 그런데 현장에서 이러한 한계점을 느끼면서 생각이 달라졌다. 소방제복에 붙어 있는 태극기가 부끄럽지 않도록, 소방관으로서의 소명의식을 완수할 수 있도록 강인한 체력을 길러야겠다는 생각을 한다. 그리고 오늘도 잊지 않는다. 현장은 성별을 가리지 않는다는 것을!

# 취해서 이러시면
# 곤란합니다

"이 세상에서 술만 사라져도 구급 출동의 50퍼센트는 줄어들 거예요."

대학 시절 소방서 실습에서 만난 한 소방관의 말씀이었는데, 그 뒤로도 내내 마음속에 남아 있었다. 그런데 그가 왜 이런 말을 했는지, 나는 머지않아 알게 되었다.

구급대원으로 발령받은 지 얼마 되지 않았을 때의 일이다. 말로만 듣던 알코올의존증 환자를 이송하게 되었다. 술에 취해 구급차를 탄 사람들은 난폭하거나 잠에 취해 있거나 대부분 둘 중에 하나다. 병원으로 향하는 구급차 안에서 이 환자는 내내 물을 요구했다. "물 좀 줘~! 물 좀 달라고! 물! 물! 물!" 구급차에는 물이 없다는 내 말에도 그는 아랑곳하지 않고 "목말라, 물 없어? 물! 물 달라고!" 하며 언성을 높였다.

"구급차에는 물을 싣고 다니지 않아요. 병원에 거의 다 와 가니까 진료 끝나고 드세요."

비슷한 대화가 몇 번이고 반복되었다. 나는 병원 경력 없이 소방서에 들어온 터라 환자를 대면한 경험이 많지 않았고, 하필 겁도 많은 성격이었다. 점점 흥분되고 격양되는 그의 목소리에 심장이 밖으로 튀어나올 것처럼 빠르고 강하게 요동쳤다. 갑자기 그가 한 대 치려는 듯 나를 향해 손을 올렸다. 술에 취해 붉게 충혈된 그의 눈은 살벌하기 그지없었다.

순간 나는 구급차 기관원에게 차를 멈춰 달라고 말했다. 갓길에 차를 세운 뒤 기관원은 환자에게 다시 한 번 그런 행동을 하면 경찰서로 가겠다는 협박(!) 아닌 협박을 했다. 그 덕분인지 병원에 무사히 도착했지만,

세상 모든 이야기는, 현장에 있습니다

구급차에 있는 1분이 한 시간처럼 길게 느껴졌다. 이미 심장은 몸 밖으로 튀어나와 콩닥콩닥 팔딱팔딱 뛰고 있었다.

의외로 주취자 신고는 출동 건수의 많은 부분을 차지한다. '길에 사람이 누워 있다'는 신고의 대부분은 술에 취해 잠든 주취자의 경우다. '도로 위 차 안에서 운전자가 고개를 숙이고 멈춰 있다'는 신고도 운전자가 음주운전 뒤 깜빡 잠이 든 것을 보고, 지나가는 시민이 신고한 경우가 많다. 그래도 현장에 출동해 차 문을 두드렸을 때 바로 잠에서 깨 일어나는 사람은 모범 주취자다. 출동한 경찰과 구급대원에게 난데없이 욕설과 폭력을 쏟아내는 일이 더 빈번하기 때문이다. 그래서 나는 주말이나 연휴에 근무할 때면 늘 마음의 준비를 하고 출근하곤 했다.

주취자를 마주해야 하는 일상은 좀처럼 잦아들 줄 몰랐다. 한번은 지하철역 출구에 쓰러진 사람이 있다는 신고를 받고 출동했다. 술병으로 어질러진 주변을 봤을 때 주취자라는 판단이 들었다. 만취 상태인 환자는 전혀 협조적이지 않아 현장에서만 거의 30분 이상을 지체했다. 고군분투하는 우리를 보며, 역사 직원이 원래 이곳에서 술 먹고 자주 머무는 사람이라고 귀띔해 주었다. 어렵게 수소문한 끝에 보호자인 아내와 연락이 닿았지만, 현장에 도착한 보호자도 환자를 통제하기에는 불가능해 보였다.

일단 병원으로 옮기기로 결정하고, 환자와 보호자를 구급차에 태워 병원으로 향했다. 하지만 구급차 안에서도 비협조적이고, 난폭하고, 폭력적인 모습은 계속되었다. 현장에서도 그런 모습을 계속 보였기에 구급차로 이송하기가 꺼려진 게 솔직한 심정이었다. 그래도 이송을 해야만 한다고 마음을 다잡으며 가다 보니 어느새 병원에 닿았다.

안도한 마음도 잠시, 구급차 문을 열고 내리려는데 환자가 갑자기 일어나 내 등을 때리려고 소란을 피웠다. 다행히 재빨리 그 상황에서 빠져나와 환자를 의료진에게 인계하고, 병원 밖에서 시트 정리와 구급차 소독을 시작했다. 큰 사고 없이 환자 이송 업무를 마쳤다

세상 모든 이야기는, 현장에 있습니다

는 생각에 스멀스멀 다시 기운이 날 것 같았다. 하지만 저 멀리서 뛰어오는 응급실 간호사의 한마디는 이 모든 것을 와르르 날려버렸다. "저 환자, 여기서 치료 안돼요. 병원에서 난동 부리고, 의사며 간호사며 다 때려요. 이곳에서 치료가 불가능하니 다른 병원으로 옮겨주세요!"

아, 한숨이 절로 나왔다. 정말이지 너무 지치고 힘들었다. 나도 더 이상 그 환자를 혼자 상대할 수는 없다는 생각이 들어 경찰에 도움을 요청했고, 경찰의 동승하에 환자의 진료가 가능한 정신병원으로 이송했다.

2018년 전북 익산에서는 강연희 소방관님이 주취자에게 폭행당한 뒤 극심한 스트레스로 인한 신경 손상과 뇌출혈 등으로 치료받다가 순직하셨다. 내 동료 또한 취객에게 폭행당한 적이 있으며, 일선에서 구급대원으로 일하는 우리 모두는 매일 그런 위험과 마주하며 살고 있다. 술에 취해 나를 아가씨라 부르며 시비 거는 환자를 이송한 일, 경찰서에서 난동 부리는 만취자를 치료하러 같은 날 새벽에 세 번이나 출동한 일, 환자를 병원으로 이송했는데 병원비 미납의 상습 주취자라서 병원 원무과에서부터 거부당한 일 등등 당황스럽고 힘 빠지게 만드는 이벤트가 늘 기다리는 느낌이다.

그래서일까? 언젠가부터 출동 지령서에 적힌 '주취 추정'이라는 단어를 보면, 나도 모르게 눈살이 찌푸려진다. 더군다나 새벽 시간이면 더더욱 그렇다. 내가 이 직업을 가지지 않았더라면 어쩌면 그냥 지나쳤을 길거리의 수많은 주취자가, 출동 지령을 받고 나가는 순간 내가 책임져야 할 한 명의 환자가 된다. 토사물이 옷에다 묻고 인사불성인 사람을 만나면, 솔직히 안 만지고 싶고, 그냥 빨리 현장을 떠나고 싶은 마음이 든다.

그래도 나는 그럴 수 없다. 소방제복을 입고 있는 동안은 그 환자의 안전 확보에 책임이 있는, 책임감을 느껴야 하는 사람이기 때문이다.


계속되는 주취자들의 폭언이나 폭행 사고에 대처하고 증거를 확보할 수 있도록 웨어러블 캠이 도입되었다. 현장 상황을 생생하게 녹화하는 웨어러블 캠은 구급대원을 보호하기도 하지만, 때로는 구급대원의 행동

세상 모든 이야기는, 현장에 있습니다

을 제약하고 감시하는 양날의 검이 될 수도 있다는 생각이 든다. 그래서 언제나처럼 친절하게 행동하고, 올바르게 처치하려는 자세를 잃어선 안 되겠지. 웨어러블 캠으로 녹화를 하며 오늘 밤에도 여전히, 구급대원들은 주취자와의 고된 만남을 이어간다.

# 눈앞이 캄캄해요,
# 화재 현장

　화재 현장은 솔직히 무섭다. 떨림이 멈추지 않는 곳이다. 구급대원인 나에게는 더더욱 그렇다. 지금도 개인안전장비가 무겁고 버겁다. 차라리 구급 출동이 낫다는 생각이 들 정도다.

　하지만 다행스럽게도 화재가 실제 발생하는 건수는 그렇게 많지 않다. 화재 출동이라고 해도 자동화재속보기의 오작동인 경우가 많고, 길에서 쓰레기 소각하는 것을 보고 지나가는 시민이 신고하거나, 가정에서 요리하다가 집 안에 연기가 가득 차 화재감지기가 작동해서 출동하는 경우가 대부분이다.

빈도수는 많지 않지만 한번 화재가 크게 발생하면 물적 피해는 물론이고, 인적 피해가 발생할 가능성이 크기 때문에, 그리고 실화의 경험이 그리 많지 않기 때문에 다른 어떤 출동보다도 훨씬 더 많이 긴장되고 떨리는 것 같다.

동이 막 트는 새벽녘에 한 아파트에서 화재가 발생했다. 아파트 화재 신고가 들어오면 많은 인명 피해가 예상되기 때문에 상황실에서도 많은 수의 차량과 인력을 현장에 보낸다. 빠른 시간 내에 소방차와 소방대원들이 도착했고, 나도 선임, 동료들과 함께 불이 난 집 앞에 도착했다.

집 안으로 진입하기 위해 소방대원들은 굳게 닫힌 문을 절단기로 부수고 도구로 문 사이를 벌리느라 진땀을 쏟았다. 나는 팀장님의 지시에 따라 근처의 사람들을 대피시키기로 했다. 아파트의 계단을 오르내리며 만나는 사람들에게 위 또는 아래로 내려가라고 안내했다. 그렇게 아파트 전 층을 세 번 왕복하고 옥상에 올라가니 숨은 턱밑까지 차오르고 땀은 주룩주룩, 힘이 들어서 죽을 것 같았다. 그런데 나 혼자 왔다 갔다 동분서주만 한 느낌이 드는 건 왜일까?

나는 구급대원이라 큰 화재에서 환자가 발생하면 구급차에 환자를 싣고 이송해야 해서, 처음부터 끝까지 현장에 있었던 경우는 그리 많지 않다. 그리고 나에게 주경방(주체적으로 화재를 진압하는 일) 역할을 시키는 일도 거의 없다. 그래서 화재 현장에서는 내가 큰 역할을 하는 것이 없다는 느낌이 든다. 현장에 가장 먼저 들어갔던 대원의 방화복이 검은 재로 범벅이 되고 땀에 전 모습을 볼 때면, 특히나 같은 여자 경방대원이 얼굴에 검은 재를 잔뜩 뒤집어 쓴 모습을 볼 때면 더더욱 쥐구멍에 숨고 싶었다.

부끄럽지만 나는 화재 현장에 제일 처음 들어간 적이 없다. 화재 현장에서 환자를 이송하는 업무를 제외하면 잔화 정리나 소방호스 연결 돕기, 화재 진화 후 펌프차에 물을 채워 넣는 일 등이 내가 하는 일의 대부분이다. 그래서 아직까지는 진짜 소방관이 아닌 느낌이 든다. 물론 화재가 나서는 안 되고, 나기를 바라는 것도

세상 모든 이야기는, 현장에 있습니다

아니지만 언제쯤이면 제대로 불을 꺼볼 수 있을까.

임용된 지 햇수로 삼 년 차 되던 어느 추운 겨울, 화재 출동을 알리는 요란한 벨 소리가 울렸다. 주간근무 퇴근이 한 시간 남아 조금은 느슨했던 마음이 다시 긴장되기 시작했다. 화재가 발생한 곳은 호텔이었다. 센터의 펌프차, 탱크차, 구급차 모두 다 함께 사이렌을 울리며 화재 현장으로 내달렸다. 지령서에 나와 있는 내용부터 규모가 심상치 않음을 느꼈다. 우리 센터의 차량뿐만 아니라 다른 센터와 서의 차량까지 동시에 출동 중인 상황이었다.

"아~ ×됐다." 운전하던 구급대원의 말에 밖을 바라보니 멀리서부터 검은 연기가 솟구치고 있었다. 우리는 순간 모두 말을 잃었다. 금방 끝날 화재가 아니라는 불안한 직감이 들었다.

"저기 위에 사람 있어요! 안에 사람 있어요! 저기요!!!"

이제 막 현장에 도착한 우리들에게 1층에 있던 사람들이 위층에 구조해야 할 이들이 있다며 소리를 질렀다. 검은 연기를 매섭게 내뿜으며 활활 타들어가고 있는 눈앞의 건물… 불에 타 벽의 외장재가 떨어지고, 바로 인접해 있는 건물의 옆면까지 불에 검게 그을리고 있었다. 호텔 건물은 쉴 새 없이 검은 유독가스를 뿜어낼 뿐이었다. 지옥이 있다면 이런 곳일까.

구급대원도 화재 현장에서는 우선 방화복을 갖춰 입고 화재 진화 활동에 임한 뒤 환자가 발생하면 다시 방화복을 벗고 환자를 이송한다. 내 방화복과 개인보호장비를 실은 차와 구급차 사이에 거리가 있어서, 나는 곧바로 팀장님의 지시에 따라 소화전을 찾으려고 이리 뛰고 저리 뛰었다. 그렇게 큰 화재 현장은 난생처음이라 당황할 수밖에 없었다. 일단은 소화전을 사수하자!

"○○아~! 저기! 저기 환자 나왔대! 구급차로 가자!"
소화전 점령을 하려 하는데 나를 급히 부르는 소리가 들렸다. 곧바로 방화복을 벗고, 화재 현장에서 구조된 환자에게 달려갔다.

세상 모든 이야기는, 현장에 있습니다

그날 발생한 총 환자 수는 19명이었다. 임시 응급 의료소가 설치되고 그중 다섯 명의 환자는 내가 직접 처치하며 병원으로 이송했다. 환자를 병원으로 이송하고, 현장에 복귀할 때마다 언제 끝날지 기약도 없는 이 상황이 놀랍고 힘들 뿐이었다. 갑작스러운 상황에서 마주한 환자에게 내가 제대로 된 처지를 제공했는지 피드백할 여유도 없었다. 평소와는 다른 대규모 재난 현장인 만큼 병원으로 이송할 때마다 본부 상황실과 본서 상황실, 구급팀에 환자의 인적 사항과 증상 여부 등을 신속하게 전달해야 했다.

화재의 규모가 커서 곧바로 대응 1단계 비상소집이 발령되었고, 비번인 직원들도 모두 소집되었다. 소방 장비 수십 대와 인원 수백 명이 긴급 투입되었다. 화재 진화에 총력을 기울여 불길은 몇 시간 안에 잡혔으나, 결국 한 명의 사망자가 발생했다.


화재 현장은 혼돈 그 자체다. 화기가 한번 기세를 잡으면 무섭게 번져나간다. 그래서 평소 연습이 중요하고, 순간적인 판단력도 필요하다. 나 혼자서 할 수 있는 일은 아무것도 없다. 제일 재미난 구경이 불구경이라고 하는데, 내게는 절대 그렇지 않다. 나나 동료들이 다칠 수도, 어떤 사람에게는 생사의 갈림길이 될 수도 있는 곳이 화재 현장이기 때문이다.

화재 현장에서 복귀할 때면 스스로에게 질문을 던지곤 한다. 관창을 잡고 화재를 진압하지 못한다면 태극기가 새겨진 소방제복을 입을 자격이 있을까. 화재 현장에서 내 역할에 대해 치열하게 고민하고 또 고민한다.

그래서 얻은 결론은, 내가 잘할 수 있는 것에만 집중하자는 거다. 소방펌프차 내에 있는 장비, 예를 들어 동력절단기, 송풍기, 도끼 등이 차량에 적재되어 있는 위치와 소방 장비의 용도를 빠짐없이 알고 있으면 적재적소에서 활용할 수 있을 것이다. 그리고 화재 현장에 가장 빠르게 도착했다면 화재의 크기, 안에 사람이 있는지 여부, 건물의 높이와 화재가 난 층수 등을 지휘관에게 신속히 보고하는 것도 내 역할이 될 수 있을 것이다. 만약 화재의 규모가 크다면 더 많은 소방차량과 인력이 필요할 것이고, 그 반대라면 출동 중이던 다른 관 내의 소방대원들은 다시 센터로 복귀해 다른 현장 출 동에 더 신속하게 대비할 수 있다.

이렇게 하나하나씩 배우고, 동료들과 합을 맞춰나 가다 보면 스스로 자랑스럽게 여길 수 있는 소방관이 되어 있지 않을까. 오늘도 그렇게 될 거라고 믿어본다.

# 소아 환자,
# 제발 안 만나고 싶어요

　모든 사람은 그 자체로 존중받아야 마땅하다. 나는 늘 그렇게 생각한다. 그중에서도 어린아이들은 더더욱 그렇다. 존재 자체만으로도 내게 무한한 웃음을 선사하는 꼬마 천사들. 나는 평소에도 아기나 어린아이를 무척이나 좋아해서 사촌 동생들과 놀 때면 '놀아준다'는 느낌보다는 정말 같이 '논다'는 생각으로 재미있게 시간을 보낸다.

　그래서일까. 내가 구급대원으로 일하며 가장 떨림을 느꼈던 순간, 그리고 제일 간절하고 미안했던 순간

세상 모든 이야기는, 현장에 있습니다

은 모두 소아 환자들과 관련이 있다.

#

구급대원으로 일하며 처음 신생아를 만났을 때의 떨림은 아직까지도 선명하다. 조금은 느긋한 오후 시간, 상가 화장실에서 한 여성이 출산을 하고 있다는 신고를 받았다. '출산을 하고 있다니, 이런!' 갑자기 머릿속이 새하얘졌다. 분만 세트를 꺼내고… 그다음은 뭐였지.

필요한 장비들을 생각하며 구급차에 올랐다. 반사적으로 행동하는 몸과는 다르게 머리는 뒤죽박죽이었다. 분만 시 필요한 사항들을 재빨리 머릿속에 떠올려 보았다. '아, 그다음은… 미리미리 공부를 해둘걸.'

도움을 요청하는 환자는, 그리고 현장은 내가 준비되기를 기다려주지 않는다. 그래서 미리 대비하고 공부하는 것은 필수다. 이럴 때마다 공부를 게을리했던 내 자신을 반성하게 된다. 아직까지도 마음의 준비는 끝나지 않았는데, 야속하게도 구급차는 아주아주 빠르게 달렸다. 출동하는 그 짧은 시간 동안 수만 가지 생각이 머릿속을 휘저었다.

　　현장에 도착해 갓길에 구급차를 세우고 상가를 향해 내달렸다. 급박하게 상가 화장실로 들어섰는데, 한 여성이 탯줄로 연결된 아기를 안고 있었다. 예상치 못한 모습으로의 만남이었다. 이미 아기가 나와 있었던 것이다.

　　우선 산모와 아기를 구급차에 싣고 의료지도에 따라 분만 세트를 꺼냈다. 신생아의 저체온증을 막기 위해 모포를 덮어주고 산소를 제공했다. 산모에게도 산소를 제공하고 활력징후(혈압, 체온, 산소포화도, 맥박 등)를 지속적으로 측정하며 병원으로 향했다.

　　산모는 외국인이었다. 의사소통이 원활하지는 않았지만 손짓, 발짓을 이용해 필요한 정보를 물었고 무사히 병원에 도착할 수 있었다. 갓 태어난 아기를 처음 본 터라 나는 약간 흥분 상태였다. "저기요, 아기가 태어났어요! 아기가 태어났다고요!"를 외치며 응급실로 들어갔고, 응급실 직원의 안내를 받아 산부인과 신생아실에 다다랐다. 그리고 여전히 약간은 흥분되고 고조된 목소리로 상황을 설명했다.

"현장에 도착해 보니, 이미 아기가 나와 있었어요! 구급차로 이송하면서 계속 아기와 산모에게 산소를 주며 왔고요!!"

호들갑스러운 나와 달리, 매일매일 수십 명의 신생아를 보는 산부인과 의료진은 태연하게 아기와 산모를 진료실 안으로 안내했다. 나는 구급차로 돌아올 때까지, 아니 센터로 돌아와서도 흥분과 떨림이 가시지가 않던데!

다행히도 후에 산모와 신생아 모두 건강하다는 이야기를 전해 들었다.

## 

내가 구급대원으로 일하며 제일 마주치고 싶지 않은 상황이 있다면 그건, 소아 심정지 환자다. 보통 소아 환자에게서 심정지는 잘 일어나지 않는다. 일어난다고 해도 성인처럼 심장이 원인인 심인성 심정지보다는 호흡성 심정지인 경우가 더 많다. 출동 지령 내용에 '소아 심정지'라고 적혀 있어도 현장에 가면 대부분 경련을 하는 모습을 보고 부모님이나 신고자가 당황해 숨을 안 쉬는 것 같다고 신고하는 경우가 흔하다. 또 저혈당으로 아기의 의식이 처져서 그런 경우도 적지 않다.

그래도 소아 심정지라는 지령을 받으면 '제발 심정지 상황이 아니어라, 아니어라, 제발 아기가 경련한 걸로 끝내라'라는 기도를 마음속으로 되뇌인다. 하지만 실제로 심정지인 상황도 있기 때문에 그저 막연히 기도만 해서는 안 된다. 소아에 맞는 자동심장충격기 패치를 연결하고, 장비를 준비해 현장으로 가야 한다.

얼굴이 파래진 소아 심정지 환자의 가슴을 압박할 때면 그 아이의 심정지가 내 탓은 아니지만, 왠지 내가 지켜주지 못한 것 같은 미안한 마음이 든다. 아이의 심장을 누를 때마다 그 아이가 부서져버릴 것만 같다. 그만큼 작고 소중한 존재. 신이 있다면 이 어린아이의 생명을 앗아가지 말라고, 어서 빨리 호흡을 하고 눈을 뜨고 으엥 하고 울음을 터뜨리게 해 달라고 간절히 빌고 또 바란다.

소아 심정지 환자를 만난 날이면 현장에서 복귀해서도 마음이 편치 않다. 구급활동일지에 기록을 하며 다시 현장을 복기할 때마다 그 소아 환자에 대한 생각이 멈추지 않는다.

### ###

보통 일하는 센터의 지역 특성에 따라 차이가 있긴 하지만, 대부분의 환자는 보통 성인과 노인이다. 그래서 대학 시절, 병원 실습과 소방 실습을 할 때에도 소아 환자를 많이 만나보지는 못했다. 내가 전공한 응급구조학과는 졸업 전 소방 실습과 병원 실습을 일정 시간 이수해야만 졸업을 할 수 있었는데, 대학교 2학년 때 첫 번째 소방 실습은 줄곧 미안함이 가시지 않는 기억으로 남아 있다.

중학생 남자아이들이 서로 뛰어다니고 장난치며 놀다가 한 아이가 어딘가에 이마를 부딪혔다고 했다. 현장에 도착하니 한 학생이 이마에서 피를 뚝뚝 흘린 채 있었다. 친구가 벗어준 하복으로 지혈을 하고 있었는데, 그 하복마저 피로 붉게 물들어 있었다. 옷을 치우자 이마 중앙에 세로로 찢어진 상처가 드러났다. 아이는 구급차에 태워졌고, 구급대원들이 신속하게 지혈과 압박 드레싱을 하면서 병원 응급실에 도착했다.

아이가 미성년자여서 보호자의 동의가 필요했다. 보호자 전화번호를 묻자 할머니와 함께 산다고 했고, 부모님과는 왕래를 하지 않는 것 같았다. 병원 의료진이 할머니에게 전화를 해 상처를 꿰매야 할 거 같다고 상황을 설명하자 손자를 바꿔 달라고 했나보다. 그 아이는 전화를 받아 할머니를 안심시키며 말했다. "괜찮아, 별로 안 다쳤어, 수술 안 해도 돼."

이마에 세로로 나 있는 상처에다 상처 길이도 꽤 길어서 대학생인 내가 봤을 때도 꿰매야 할 것 같았다. 아이는 수술비용을 물었다. 형편이 어려우면 나라에서 지원금이 나오니, 5만 원 정도면 된다고 간호사가 대답했다. 그만큼의 돈도 부담스러웠던지 아이는 황급히 친구들과 함께 그 자리를 뜨려고 했다.

보호받아야 할 미성년자이고 치료가 필요한 환자라서, 내가 도와줄 수 있는 방법은 없을까 안타까운 마음이 들었다. 하지만 그 당시 나도 아르바이트로 번 30만 원으로 한 달을 살아야 하는 처지라 선뜻 치료비를 내주겠다는 말이 안 나왔다.

그런데 거의 십 년이 지난 지금까지도 계속 생각이 나는 걸 보면, 그냥 내가 그때 내줄걸. 다른 출동으로 병원에서 오래 지체할 수 없었기에, 그 아이의 수술 여부와 예후는 알 수 없었다. 지금쯤 그 아이는 성인이 되었겠지. 잘 지내고 있는지 여전히 궁금하다.

세상 모든 아이는 너무나 순수하고 맑아서 그 모습 그대로 반짝반짝 빛이 난다. 아이들의 빛이 질병이나 예기치 않은 사건, 사고에 가려지지 않도록 내가 아주 작은 도움이라도 되고 싶다. 이렇게 그 다짐을 글로 새겨본다.

# 누구나
# 노인이 됩니다

'침대 사이에 끼어 있다고? 그게 무슨 말이지?'

출동 지령을 받았는데, 그 내용이 특이했다. 할아버지 한 분이 침대 사이에 끼어 있다는 것. 의아한 마음을 한가득 안고, 출동하면서 신고자에게 연락부터 했다.

신고자는 가족과 왕래가 없는 한 할아버지를 돌보고 있는 사회복지사였다. 아침에 할아버지 댁으로 출근하니 할아버지가 침대 사이에 끼어 있었는데, 혼자 힘으로는 구조할 수가 없어 119에 신고했다고 한다. 혹시나 침대를 통째로 들어야 하는 일이 생길 수도 있어 펌프차 대원들과 함께 출동했다. 현장에 도착하니 정말 말 그대로 할아버지가 침대와 벽 사이에 한쪽 몸이 끼인 채로 있었다. 다행히 할아버지 의식은 명료했고, 말씀도 잘하셨다.

침대를 벽에서 멀리 떨어뜨리고 공간을 만들어 할아버지를 구조했다. 얼마나 오랫동안 그 자세로 계셨던 건지 끼어 있던 쪽의 손과 발이 모두 팅팅 부어 있었다. 게다가 소변까지 본 상태였다. 할아버지 말씀으로는 어제 저녁 화장실을 가기 위해 몸을 틀었는데 몸이 마음대로 움직이지 않아서, 벽과 침대 사이에 끼인 채로 있을 수밖에 없었다고 하셨다. 그때부터 아침이 밝아 복지사가 출근할 때까지 12시간이 넘게 그 상태로 계셨던 것이다.

"얼마나 힘드셨을까, 전화라도 하시지 그러셨어요."

너무 안타까운 마음에 할아버지께 말씀을 건넸다.

"전화기를 잠바 주머니에 넣어놨는데, 마침 그 잠바가 거실에 있어서 전화를 할 수가 있었어야지~."

"다리가 많이 부으셨어요. 일단 저희가 병원으로 모

54

Part 1

실게요."

　평소 몸도 안 좋으시고 나이도 있으신데 오랜 시간 같은 자세로 꼼짝없이 갇혀 있어야만 했던 할아버지의 사정을 듣고 있으니 답답하고 속이 상했다.


　비단 혼자 사는 노인의 고충이 이뿐만은 아닐 것이다. 이 일을 하면서 가장 괴로운 순간 중 하나는 홀로 쓸쓸히 세상을 떠나는 노인들을 현장에서 만날 때다.

　유난히 바람이 매섭게 파고들던 추운 겨울, 심정지 의심 지령을 받고 현장에 도착했다. 신고자는 아들이었는데, 집에 돌아와보니 어머니가 마당에 쓰러져 있어서 방으로 모셨다고 했다. 어머니 몸이 얼어 있는 거 같아 전기장판에 눕히고 이불을 덮어드렸다는 아들의 말에 환자를 확인해 보니 이미 심정지 상태였고, 팔과 다리에 강직이 있는 것으로 보아 심정지가 일어난 지 꽤 시간이 지난 것 같았다. 임무를 마치고 돌아오는 내내 마음이 좋지 않았다.

　혼자 사시는 할머니가 언젠가부터 연락이 되지 않고 인기척도 없다고 손자가 신고를 한 경우도 있다. 현

세상 모든 이야기는, 현장에 있습니다

장에 도착해 살펴보니 창문은 굳게 잠겨 있었고, 현관문도 열리지 않았다. 구조대의 도움을 받아 문을 열고 들어갔더니, 거실 중앙에 할머니가 누워 계셨다. 돌아가신 지 꽤 시간이 지나서 이미 부패가 진행되고 있었다. 문을 열어 할머니의 모습을 살짝 스치듯 본 손자는 그 자리에서 주저앉아 울부짖었다.

이렇게 돌아가신 분들에게도 찬란한 젊은 시절이 있었을 텐데. 이 모습이 자신의 마지막이 될 거라 생각해 보지도 않았을 텐데. 이런 일을 겪을 때마다 늙는다는 게 뭔지, 참 가혹하다는 생각마저 든다.


요양원으로 출동 지령을 받는 날에는 출동 전부터 가슴이 띈다. 오랜 와상 생활로 뼈만 앙상하게 남은 어르신들의 모습이 눈에 선하기 때문이다. 또 치매나 다른 여러 가지 질환으로 인해 환자와 의사소통도 쉽지 않아 어디가 편찮으신지 정확히 파악을 하기에도 어려움을 겪는다. 특히나 연세가 80, 90세가 넘은 분이라면 이중적인 마음도 든다. 가슴압박을 하면 갈비뼈가 부러지기 십상이고, 입에선 피가 나오기도 한다. 뼈만 앙상하게 남은 환자의 가슴을 누를 때마다 과연 내가 하고 있는 일이 옳은 것인지 의구심도 든다. 구급대원으로서 당연히 해야 할 의무이지만, 오랜 기간 병환으로 하루하루 고생하셨을 분들의 마지막 가는 길까지 힘들게 하는 것 같아서다.

2020년 초부터 시작된 코로나19로 가족들의 요양원 방문은 사실상 불가능해졌다. 중증질환 환자가 많은 요양원에 한 명이라도 코로나19 감염자가 있다면 모두가 위험에 빠질 것을 우려해 나온 대책일 것이다. 치매를 앓아 요양 병원에 입원해 있는 한 할머니가 자식들이 나를 버린 게 아니냐며 슬퍼한다는 내용의 기사를 볼 때마다 마음이 먹먹해진다.

누구나 노인이 된다. 시간이 흐르면서 점차 나이를 먹고 늙어가는 것은 아무도 피해갈 수 없다. 지금 홀로 살고 있는 노인분들, 요양원에 누워 계시는 분들의 모습은 언젠가 겪게 될지도 모르는 우리 모두의 모습인 것이다.

평균 수명이 늘고, 의료 기술이 발전하면서 내가 만

나는 환자의 대부분은 노인층이 주를 이룬다. 현장에서 안타까운 노인분들의 모습을 접할 때마다 끊임없는 생각들이 꼬리를 문다. 내 노후는 어떤 모습이면 좋을까, 어떤 모습으로 죽음을 맞이해야 할까, 기계에 의지해 하루하루 살아가는 것이 나에게 큰 의미가 있을까.

신입 때는 요양원 침대에 누워 가만히 허공을 응시하고 있는 분들의 모습을 볼 때마다 그분들의 삶이 의미 없고 지루하겠다는 철없는 생각을 했었다. 하지만 지금은 그들이 살아 있는 것 자체가 가족들에게는 큰 의미가 있을 것이라고 생각한다. 불과 몇 년 만에 생각이 바뀌었으니, 내가 바라는 노년의 모습과 죽음에 관한 생각도 나이가 더 들면 다른 방향으로 바뀔지도 모르겠다.

그래도 변치 않는 건, 건강하고 행복한 삶을 살고 싶다는 바람이다. 사회가 정한 숫자상의 나이가 아니라 마음속의 나이로 살고 싶다. 현재를 치열하고 가열차게 살고 있으니 노후에는 더 여유 있는 삶을 살고 싶다. 노래 한 곡을 들어도 흥이 넘치고, 배우자와 단짝처럼 이런저런 이야기를 나누며, 자연을 바라보며 시시때때로 변하는 바다 소리, 나무가 바람에 일렁이는 소리를 가만히 들을 수 있는, 그런 여유를 꿈꾼다.

우리 모두가 자기 마음속의 나이로 인생의 후반을 가득 채울 수 있으면 좋겠다.

세상 모든 이야기는, 현장에 있습니다

# 뇌졸중 환자의 선물,
## 브레인세이버

"구급 출동! 구급 출동! 산에서 환자가 발생했다는 신고 내용입니다. 환자 의식이 처지고 걷지 못한다고 하네요. 정확한 위치는 신고자와 계속 통화하면서 가 보셔야 할 것 같습니다. 출동해 주세요!"

출동 지령이 내려지고 스피커에서 119종합상황실 직원이 설명을 덧붙였다.

'아~ 산이라니, 제발 산 입구에 환자가 있었으면 좋겠다. 아침부터 등산으로 운동하겠구나.' 제발 중증환자가 아니길 바라며 신고자에게 전화를 걸었다. 등산을 하러 나온 등산객들이 신고자 주변에 있는지 전화 너머로 웅성웅성 소리가 흘러나왔다.

"출동 중인 119구급대원입니다. 거기 산 위치가 어느 정도쯤인가요?"

"산 중턱쯤이고, 사람들 많이 몰려 있으니 그쪽으로 오시면 됩니다. 여기까지 차량이 들어올 수 있으니까 차로 오세요."

나는 한결 가벼워진 마음으로 구급차 기관원에게 '차가 지나갈 수 있는 통로가 있다고 하니 구급차로 올라가라'고 전했다. 그리고 같이 출동했던 펌뷸런스 대원에게도 무전으로 상황을 전달했다. 하지만 나보다 경험 많고 관내 지리를 잘 알고 있던 한 소방대원이 '그 산에는 차량이 이동할 수 있는 통로가 없는 것으로 안다'고 무전을 보냈다.

"평소 환자분이 앓고 있는 질환이 있나요? 현재 환자 상태는 어떤가요?"

"고혈압을 앓고 있고, 갑자기 힘이 빠진다고 하더니 지금 그냥 누워 있어요."

세상 모든 이야기는, 현장에 있습니다

"의식은 있으신 건가요?"

"없는 것 같아요."

!!! 의식이 없다고 한다! 응급이다!!

산 입구에 도착해 확인해 보니, 소방대원의 말대로 차로 갈 수 있는 길은 없었다. 시간이 더 지체되기 전에 어서 빨리 산을 올라야 했다. 기본적인 장비들을 챙겨 들고 길을 걷기 시작했다. '조금만 더'라고 하는 시민들의 응원을 받으며 가다 보니 어느덧 현장에 도착했다. 산 중턱에는 천막 같은 것이 펼쳐져 있었고, 그 아래 흰색 텐트에 환자가 누워 있었다. 의식은 통증에 반응하는 정도였다.

혹시나 저혈당일수도 있다는 생각에 혈당검사부터 했다. 주변 사람들이 웅성거리며 내 몸짓 하나하나를 주시했다. 활력징후 측정 가방에서 혈당측정기를 꺼내 측정해 보니 저혈당 수치는 나오지 않았다. 서둘러 다른 검사를 시작했다. 환자의 팔에 혈압 커프계를 감고 혈압을 측정했다. 정상 수치보다 훨씬 높게 나왔다. 어서 빨리 병원으로 이송하는 것이 좋겠다는 판단이 들었다.

환자는 덩치가 꽤 있었다. 키도 크고 체격도 평균 이상이었다. 현장에 올 때 가지고 올라온 분리형 들것에 환자를 옮겨서 산을 내려가기 시작했다. 환자의 기도 확보를 위해 구인두기도기를 삽입하려 했지만 내려가는 중간에도 계속 구토를 해 여건상 쉽지 않았다. 환자와 함께 산 입구로 내려왔더니 온몸이 땀으로 흥건했다. 그래도 한시도 쉴 틈은 없었다.

구급차 안에서는 더 많은 응급처치를 시작했다. 환자에게 산소를 제공하는 것이 무엇보다 중요해 산소줄을 연결하고 산소를 공급했다. 병원까지의 거리는 약 4킬로미터. 일분일초가 급한 환자여서 최대한 빨리 가기 위해 구급차는 더 속도를 냈다. 병원으로 가는 도중에도 환자는 구토를 했고, 의식은 여전히 통증에 반응하는 정도였다. 뇌졸중이 의심되었다.

뇌졸중은 뇌혈관이 터져서 생기는 뇌출혈과 뇌혈관이 막혀서 생기는 뇌경색이 있는데, 두 가지 모두 혈관에 문제가 생겨 뇌에 산소를 제대로 공급하지 못해 발생한다. 어제까지, 아니 한 시간 전까지도 멀쩡했던 사람이 갑자기 이전과 다른 삶을 살게 될 수도 있는 것이다. 뇌졸중은 증상이 발생하고 치료를 받기까지의 시간이 짧으면 짧을수록 예후가 좋다. 구급차의 속도가 주춤해질 때마다 마음이 자꾸 무거워졌다.

추후에 병원에 들러 그 환자의 병명을 물어보니 뇌졸중이 맞았다고 했다. 다행히 이른 시간 내에 병원에 도착한 덕분에 처치를 받아 건강하게 걸어서 퇴원했다고 했다. 그 말을 듣자마자 안도감이 들며 마음 한구석에 있던 돌덩이가 스르르 녹아내렸다.

소방서에서는 심정지에 빠진 환자를 살리면 상으로 하트세이버heart saver, 뇌졸중에 빠진 환자가 좋은 예후로 퇴원하면 브레인세이버brain saver, 중증외상환자에게 완전한 생활이 가능하도록 적절한 처치를 했다고 판단하면 트라우마세이버trauma saver를 수여한다. 나는 그 환자 덕분에 브레인세이버를 받았다.

어떤 구급 상황이든 마찬가지겠지만, 특히 뇌졸중이나 심장마비같이 갑작스럽게 일어난 일은 가족과 주변 사람들에게 큰 충격일 수밖에 없다. 그런 상황을 접할 때마다 나도 가족들을 떠올리며 대입해 보기도 한다. 오늘이 나의 마지막 날이라면, 이 사람과 살날이 얼마 남지 않았다면, 오늘 이 사람이 내 곁을 떠난다면….

한참을 망상에 빠져 허우적대다 보니, 문득 감사함이 느껴졌다. 내 곁에서 건강하게 살아주는 가족과 친구들, 동료들이 너무나 고마웠다. 앞으로 좋은 말은 한 번 더, 싫은 소리는 조금 덜 하며 부둥부둥 살아야지. 오늘도 이렇게 교훈 하나를 얻어간다.

세상 모든 이야기는, 현장에 있습니다

# 뇌졸중 증상, 눈여겨보세요

중풍이라고도 불리는 뇌졸중은 혈전 때문에 뇌혈류에 산소가 공급되지 않아 뇌조직이 손상되거나 죽는 것을 말한다. 혈전이 뇌동맥을 막아 혈액이 공급되지 않으면 뇌졸중, 심장으로 가는 심장동맥을 막으면 심근경색이 된다. 더 심하면 심정지까지 올 수 있는 아주 응급한 상황이다. 그래서 혈전을 녹이는 약을 투여해야 하는데, 발병 직후 세 시간, 최대 여섯 시간 이내에 사용해야 효과가 높다. 다음과 같은 뇌졸중 증상이 나타난다면 지체없이 병원으로 출발하자.

1. 얼굴의 처짐이다. 한쪽 입술만 처지거나 이~를 해보

라고 했을 때 한쪽만 올라가는 모습을 보인다.

2. 팔의 떨어뜨림이다. 두 눈을 감고 팔을 앞으로 나란히 한 상태에서 10초간 가만히 있으라고 했을 때 한쪽 팔이 떨어지면 비정상적인 모습이라 할 수 있다.

3. 언어를 평가해 본다. 쉬운 단어를 따라하게 했을 때 발음이 불명료하거나 잘못된 단어를 사용한 경우 이상소견이라고 할 수 있다.

위의 세 변수에 이상이 있으면 뇌졸중일 가능성이 72퍼센트 정도다. 평소 고혈압이나 당뇨, 고지혈증을 앓거나 심장 관련 약 등을 복용하고 있는 사람에게 이와 같은 증상이 나타나거나 또는 어지럼증이나 심한 두통이 발생한다면, 꼭 세 시간 안에 적절한 치료를 받아야 한다.

출처: 내과전문응급처치학

PART 2

그럼에도 불구하고,
출동합니다

# 구급대원일까요,
# 택시기사일까요

 

너무도 당연한 말이지만, 소방관이 되기 전에는 구급차는 생사의 갈림길에 있는 사람들만 이용하는 것이라 생각했다. 이 당연한 상식은 소방관으로 근무하면서 이내 산산조각 나버렸다.

구급 출동에는 종류가 다양하다. 몸이 아픈 환자를 병원에 이송하는 가장 기본적인 업무부터, 몸이 불편한 분들에게 도움이 필요할 때, 가령 휠체어에서 떨어졌는데 도와줄 사람이 없다거나, 파킨슨병으로 몸이 너무 떨려 약을 먹을 수가 없어 도움이 필요할 때도 출동한다. 또 코로나19 의심환자가 적당한 이동수단이 없는 경우, 119구급차로 선별진료소까지 이송 서비스를 제공하기도 한다. 그 밖에도 응급처치 교육이나, 화재 예방 훈련에 이용되기도 한다.

그러나 내가 느끼기에 구급 출동의 절반 이상은 '비응급환자' 출동이다. 비응급환자란 단순 치통환자, 단순 감기환자(38℃ 이상의 고열 또는 호흡곤란이 있는 경우 제외), 단순 타박상환자, 단순 주취자, 검진이나 입원 목적으로 이송이 필요한 만성질환자 등을 말한다.

지령서에 나온 출동 내용만으로는 환자의 응급과 비응급 여부를 판단하기가 어렵다. 단순히 이가 아프거나 감기 기운이 있어도 어쨌든 환자고, 가벼운 찰과상이나 타박상도 상처가 난 거라 치료가 필요하다. 하지만 그렇다고 분초를 다툴 정도의 응급한 상황은 아니다. 물론 119는 국민에 의해, 국민을 위해 존재하고 일하는 곳이므로 우리가 당연히 제공해야 할 서비스임에는 틀림없다. 하지만 분명, 구급차를 택시처럼 상습적으로 이용하는 사람들, 대학병원 외래 진료를 보기 위해 콜택시 번호를 누르듯 자연스럽게 119를 누르는 사람들이 있다.

비응급환자를 구급차에 태우고 원거리 병원까지 이송하는 동안에는 마치 드라이브를 하는 기분이 든다. 환자를 인계하기 위해 병원 응급실로 들어갈 때 제 발로 잘 걸어 들어가는 환자와 함께 갈 때면 민망하기도 하다. 이럴 때 가끔은 내 정체성에 혼란이 온다. 나는 구급대원인가, 택시기사인가!

언젠가 한번은 이런 일이 있었다. 발을 다쳤다는 신고를 받고 환자를 구급차에 태워 개인병원으로 이송을 했는데, 몇 시간 뒤 그 병원에서 전화가 왔다.

"안녕하세요, ○○ 병원인데요. 아까 이송하신 그 ○○○ 환자분이요, 혹시 구급차 안에서는 어떤 모습이었나요?"

"아~ 안녕하세요. 환자석에 누워서 조용히 잘 오셨는데요? 무슨 일 있으신가요?"

"구급대원분들 가시고 나서 그 환자분이 대기하시

는 중이었는데, '나는 119구급차를 타고 왔는데 왜 먼저 안 해주냐'며, 막 소리를 지르고 항의하셔서요. 앞에 대기 환자가 많았거든요. 119구급차를 타고 왔다고 해서 순서를 어길 수는 없잖아요."

"아, 진짜요? 구급차 안에서는 전혀 그런 모습 안 보이셨는데…."

119구급차는 응급환자를 위해 존재하는 것이지만, 119구급차를 이용했다고 꼭 응급한 환자는 아니다. 그리고 응급실은 은행이 아니다. 먼저 온 순서대로 진료를 받는 것이 아니라 응급한 환자부터 진료를 받게 된다. 바로 다음이 내 차례라고 했어도 방금 심정지 환자가 들어왔다면, 그 환자가 제일 일순위다.

비응급환자가 구급차를 이용하는 것은 그저 이기적인 행동으로만 끝나지 않는다. 비응급환자 출동으로 관할지역을 비우게 되면 응급환자가 발생했을 때 다른 관할의 구급대가 현장으로 출동해야 한다. 그럴 경우 심정지처럼 분초를 다투는 빠른 응급처치가 필요한 누군가가 피해를 볼 수도 있다. 실제로 구급차가 비응급 환자 출동을 나갔을 때, 그 관할지역에 소아 기도폐쇄 환자가 발생한 적이 있었다. 근거리의 구급대가 없어 하는 수 없이 조금 떨어진 곳에서 구급차가 출동했고 현장 도착까지 시간이 지체되어 결국 그 소아 환자는 사망하고 말았다.

이 밖에도 응급실 앞에 정차되어 있던 구급차에 와서 집까지 태워 달라고 하는 경우, 또 주취자 추정 건으로 지령을 받고 출동했는데, 아픈 곳은 없고 집에만 데려다 달라고 하는 허탈한 상황도 부지기수다. 이럴 때는 구급차는 병원으로의 이송만 가능하다고 설명하고 경찰에 협조를 구하거나 택시를 잡아 집에 보내드린다.

'나 하나쯤이야' 하는 생각으로 비응급 상황에 119 번호를 누른다면, 누군가의 생명이 위협받을 수 있음을 기억해 주었으면 좋겠다. 그 누군가가 나나 내 가족이 될 수도 있다. 병원 진료가 필요하지만 거동이 가능하고 비응급환자라면 대중교통이나 사설 구급차를 이용하는 것도 방법이다. 또 일반 병원에서 진료받을 수 있는 정도라면 가까운 동네 의원이나 병원부터 가는 것이 좋다. 대기시간도 응급실에 비해 짧을 것이고, 진료비도 절약할 수 있다. 병원 응급실에서는 응급과 비응급을 나눠 비응급환자에게 응급실 접수비를 더 비싸게 청구한다. 비응급환자가 침대를 차지하고 있으면 정작 응급처치를 받아야 할 환자의 자리가 사라지기 때문이다.

차호위호借虎威狐라는 사자성어가 있다. 호랑이의 위엄을 빌려 여우가 위세를 부린다는 뜻으로, 남의 권세에 의지해 위세를 부릴 때 쓰는 말이다. 구급차는 호랑이가 아니므로 구급차를 타고 왔다고 억지를 부려서는 안 된다. 또 구급차는 병원에서 특별대우를 받게 해주려고 서비스를 제공하는 것이 아니라, 오롯이 '응급환자'를 위한 것이다. 그러니 우리 제발, 호랑이의 권세를 빌린 여우는 되지 말자.

그럼에도 불구하고, 출동합니다

# 오늘, 소머리국밥은
# 못 먹겠어요

동명의 웹툰을 원작으로 한 드라마 〈냄새를 보는 소녀〉에는 냄새를 보는 능력을 가진 주인공이 등장한다. 소녀는 사고 이후 냄새를 보는 초감각을 얻게 되었는데, 그녀가 보는 냄새의 색깔과 크기는 각각 다르다. 나는 이 드라마의 주인공처럼 냄새를 보지는 못하지만, 어떤 냄새들은 특정한 기억을 떠오르게 한다.

고소한 김밥 냄새에는 새벽부터 김밥 말던 엄마의 분주함과 하염없이 웃음 나던 유년 시절 소풍날의 아침이, 붕어빵 냄새에는 일 마치고 얼큰하게 한잔하신 아빠에게서 붕어빵 봉지를 건네받던 순간의 설렘이 담겨 있다. 또 도서관 책장에 켜켜이 꽂힌 쿰쿰한 책 사이를 지날 때면 어느새 한결 차분해진 내 마음을 발견한다.

어떤 냄새는 정겹고 따뜻했던 유년 시절로 데려가고, 어떤 냄새는 설레고 풋풋했던 연애 시절로 데려간다. 그리고 어떤 냄새는, 고되고 힘겨웠던 기억을 생각나게 한다.


화창하다 못해 조금은 더웠던 어느 평일 오전, 구급 출동 벨이 울렸다. 신고자는 주민센터 직원으로, 보통 주민센터 직원이 혼자 사시는 분들을 돌보러 갔는데 병원 진료가 필요하거나, 그들만의 힘으로는 병원 이송이 불가능한 경우 이렇게 신고하기도 한다.

도착한 현장은 바람이 불면 금방이라도 날아갈 것 같은 집들로 둘러싸인 곳이었다. 허물어져 가는 집들 사이에 나 있는 한 사람이 겨우 통과할 정도의 통로로 들어가니, 한 쪽방에 환자가 누워 있었다. 밖에서부터 똥과 오줌이 섞여 오랫동안 묵은 냄새가 났다. 환자의 의식은 명료했으나 속옷도 제대로 입지 못하고, 자신의 변을 온몸에 묻힌 채 누워 있었다. 신고자는 이분이 정신과 치료 이력이 있어서 정신병원으로 이송을 원한다고 했다.

우리는 어서 빨리 이 공간을 벗어나 환자를 구급차로 옮기는 게 우선이라고 생각했다. 나체로 환자를 들것에 실을 수는 없어서 무언가 덮을 만한 것이 있는지 찾아보았다. 마침 구석에 접혀 있는 이불이 있어 꺼내 들었다. 그러자 마치 술래잡기를 하듯 다다닥 소리를 내며 도망가는 수십 마리의 바퀴벌레! 순간 얼음이 된 나는 이불을 손에서 떨어뜨렸다. 왠지 바퀴벌레들 중 몇 마리가 내 몸을 타고 올라와 옷 속에 있을 것 같은 느낌이 들었다. 그 이불은 안 되겠다 포기하고 대충 덮을 만한 옷가지들을 환자 위에 올려서 구급차에 태웠다. 환자가 현장에서는 아무 말도 없었는데, 조금은 마음이 놓였는지 구급차 안에서는 대화도 곧잘 하셨다.

하지만 코를 찌르는 듯한 냄새에 코가 마비될 지경이었다. 그래도 적절한 처치를 하고 병원까지 이송하는 것이 내 임무니 참을 수밖에 없다. 임무가 끝나면 센터에 가서 샤워를 하고 옷도 빨아야겠다고 생각했다. 임시방편으로 마스크를 한 장 더 덧대어 끼고 기본적인 검사들을 진행했다.

무사히, 그가 다닌다는 정신병원에 도착해 환자를 들것에 옮겨서 안으로 들어갔다. 그런데 보자마자 의료진이 얼굴을 찌푸리며 환자를 받지 않으려는 강력한 의지를 온몸에 드러내고 있었다. 자기들끼리 이야기를 주고받더니, 한 의사가 와서 이야기했다. "이 분은 정신과 치료보다 내과적인 치료가 우선 필요합니다."

하, 정말 난감했다. 나는 또 이 환자와 함께 다른 병원으로 가야 하는 것이었다.

서둘러 다른 병원을 수소문해 보았다. 소득수준이 그리 높지 않으면 나라에서 지원금이 나오긴 하지만 대학병원은 응급실 접수비만 대략 10만 원에 달한다. 신고자와 상의 끝에 일단 가까운 대학병원으로 가기로 결정하고 다시 환자를 구급차에 옮겨 병원으로 향했다. 병원 응급실에 들어서자 환자의 등장과 함께 강렬히 풍기는 냄새에 모두의 시선이 집중되었다. 환자 주변에 의료진이 모였는데, 한 간호사가 대뜸 나에게 물었다. "외양간에서 모시고 오셨어요?"

순간 헛웃음이 나왔다. 그때쯤엔 내 코도 마비가 된 상태였던 것이다. 다행히 의료진이 협조적이어서 연고가 없는 그 환자가 치료받을 수 있도록 도와주었고, 우리는 그렇게 병원에 환자를 무사히 인계할 수 있었다.

병원 응급실 앞에서 구급차 내부와 들것을 소독하고 냄새를 지우려 구급차의 온 창문을 열어 환기했다. 그렇게 센터에 돌아오니 어느덧 점심시간. 그런데 하필 점심 메뉴가 소머리국밥이었다! 배가 몹시 고팠는데도, 조금 전 출동 때문인지 국물이 목에서 좀처럼 넘어가질 않았다. 그 후로도 꽤 오랜 시간 소머리국밥 냄새만 맡으면 지난 출동의 기억이 떠올랐다.

비단 소머리국밥뿐만이 아니라 퇴근 후 책을 읽거나, TV를 보거나, 친구들과 대화를 할 때 어떤 장면이나 이야기를 들으면 내가 출동했던 환자나 현장이 생각나는 경우가 있다. 처음에는 무심코 여겼는데, 이것이 '외상 후 스트레스 장애PTSD'의 초기 증상과 비슷하다고 한다. 참혹한 현장이나 친한 동료의 부상 등이 원인이 되는 PTSD는 치료가 필요한 마음의 병이다. 하지만 나를 비롯한 소방공무원들은 모두 PTSD로부터 자유로울 수 없다. 소방 조직 내에서는 모든 소방관에게 정기적인 상담을 제공하고 있으며, 증상이 있을 시 부담 없이 치료받을 수 있도록 지원하고 있다.

현장에서의 많은 경험은 삶을 더 풍부하게 만들어 주기도 하고, 내 경력에 도움이 되기도 한다. 하지만 그에 비례해 몸과 마음이 고단하기도 하다. 가장 가까이에서 다양한 사람을 만나고, 또 극적인 상황을 많이 접하는 직업이다 보니 가끔씩은 아무도 만나고 싶지 않을 때가 있다. 길거리에서 아는 사람을 마주쳐도 인사하고 싶지 않고, 아무런 말도 하고 싶지 않을 때도 있다. 어떤 날은 전혀 피로가 느껴지지 않는데, 또 어떤 날은 퇴근하면 바로 내리 몇 시간 잠을 자야 할 것처럼 무기력하기도 하다. 모 아니면 도의 날이 연속되는 느낌이랄까.

하지만 어떻게 모든 날이 다 기분 좋고 편하고, 친절한 환자, 안전한 현장만 마주할 수 있을까. 이럴 때는 그냥 내 팔자겠지, 내 환자였겠지, 나와 그 사람이 만날 운명이었겠지 생각하는 수밖에 없다. 이런들 어떠하며 저런들 어떠하리 정신으로 일단 오늘도 GO!

# 코로나19 시대,
# 구급차는 방황 중

코로나19는 우리의 일상을 급격하게 변화시켰다. 마스크는 차 안에도, 가정에서도, 직장에서도 가장 곁에 두어야 하는 필수품이 되었다. 음식점이나 마트처럼 공공장소를 이용할 때는 체온을 측정하고, 출입명부를 작성하거나 QR코드를 찍어야 한다. 대규모 행사들은 줄줄이 취소되었고, 많은 중소기업과 자영업자는 어려움을 겪고 있다. 재택근무를 경험하는 사람들이 많아졌고, 직장 문화까지도 달라졌다.

코로나19 바이러스의 확산은 구급대원의 현장 매뉴얼도 바꾸어놓았다. 모든 출동 때마다 감염보호복을 입으라는 지시가 내려졌다. 그래서 출동 벨 소리를 듣자마자 재빠르게 옷을 챙겨 입고 구급차에 탑승하거나 출동 중 흔들리는 구급차 안에서 순식간에 감염보호복을 입는다. 코로나19 초기에는 일반 환자가 발생한 동네에 감염보호복을 입고 들어가면 코로나 환자가 나온 것이냐며 주변 사람들이 구경하듯 쳐다보기도 했다.

출동 중인 구급차 안에서는 환자의 기침, 콧물, 가래 등 호흡기 관련 증상 여부와 확진자 접촉 여부를 묻는 것으로 업무가 시작된다. 환자를 대면하면 체온부터 측정하고, 이송을 마친 뒤에는 구급차 내부와 장비를 소독하는 일 등이 한 번 출동할 때마다 거의 필수적으로 해야 하는 일상이 되었다.

환자가 열이 있거나 확진자와 동선이 겹쳤을 때는, 격리 가능한 병동이 많지 않아 가까운 병원에서 환자를 수용할 수 없는 일이 종종 발생한다. 환자들은 기본적으로 면역력이 떨어진 상태고, 몸의 어느 곳에 염증이 있다면 발열이 있을 수 있다. 하지만 그것이 염증으로 인한 발열인지, 코로나19 바이러스 감염으로 인한 발열인지 알 수 없으니 격리 병동이 없으면 일단 병원 입장이 불가능한 것이다.

간혹 병원에 수용 가능한 자리가 없다고 말씀드렸는데, 곧 죽어도 이 병원에서 진료를 받고 싶다는 환자도 있다. 그럴 때는 격리 병동의 자리가 날 때까지 감염 보호복을 입은 채 환자 곁을 지키며 몇 시간이고 기다릴 수밖에 없다. 그래서 병원 응급실 앞에 내가 타고 온 구급차와 다른 센터 구급차가 나란히 대기한 적도 여러 번 있다.

만약 다른 병원에서의 진료를 원하는데, 근처 병원에 문의를 해보아도 격리 병동 자리가 없다면, 거리가 먼 다른 지역의 병원까지 이송해야 하는 일도 생긴다. 그러나 다른 지역으로 이송하면 시간이 오래 걸리고, 관할지역의 구급차 공백 시간이 길어진다는 문제가 발생한다. 코로나19 탓에 이것도 저것도 쉽지가 않다.


보호자가 있고 환자의 병력을 알 수 있으며, 의사소

그럼에도 불구하고, 출동합니다

통이 된다면 그래도 다행이다. 이보다 더 심각한 상황은 심정지 환자이면서 보호자가 나타나지 않고 환자에 대한 정보가 아무것도 없을 때다. 혹시나 코로나19 감염자일 가능성을 배제할 수 없어 무조건 격리 병동으로 들어가야 하고, 심정지 상태인 응급환자이기에 의료진 인력 또한 준비되어 있어야 한다. 그래서 병원을 선정하는 데 애를 먹는다.

심지어 가까운 병원 응급실에 도착해 심정지 환자를 내리려고 하는 순간, 병원으로부터 수용 불가라는 이야기를 들은 적도 있다. 그럴 때면 욱하는 마음과 함께 대체 나한테 왜 이러나, 허탈함마저 든다. 하지만 내 감정보다 심정지 상태의 환자가 우선이니 어서 빨리 수용 가능한 병원을 찾는 것이 급선무다.

2020년 2월 대구에서 노인 병동에 머물던 환자의 상태가 악화되어 구급대원이 병원을 찾았으나 그 지역에 있던 일곱 곳의 병원에서 환자를 수용할 수 없다고 해서 결국 사망했다는 뉴스를 본 적이 있다. 보통 한 건의 출동에 짧으면 30분 길면 한 시간 정도가 소요되는데, 코로나19 이후 병원까지의 이송 거리가 길어졌음은 물론이고, 소독하는 시간까지 더해져 한 건의 출동당 두세 시간이 걸리는 경우가 많아졌다.

출동 벨이 울릴 때마다 감염보호복을 입는 일은 하루에 한두 번이야 괜찮을 것이다. 하지만 옷을 입고 벗는 일이 계속 반복될수록 괜찮지가 않았다. 나는 점점 더 지쳐갔다. 무더운 여름에 오랜 시간 감염보호복을 입고 있으면 속옷 안까지 다 젖을 정도로 땀이 났다. 고글과 마스크까지 착용해서 숨쉬기도 더 어렵고 답답함도 이루 말할 수 없었다.

게다가 성인 남성에 맞춰 제작된 사이즈라 내가 입으면 팔과 다리 길이가 너무 많이 남아 그 모습이 우스꽝스럽기도 했다. 두세 시간 동안 옷을 착용하고 있다가 벗으면 마스크와 고글 자국이 얼굴에 선명히 남아 다시 제 얼굴로 돌아오는 데 시간이 걸리기도 했다. 그리고 무엇보다 퇴근해 집에 가면 평소보다도 더 깨끗이 씻어야 할 것 같은 느낌이 들었다. 언제까지 이 옷을 입어야 할까? 그래도 벗는 날은 오겠지.

코로나19 시대에 구급대원에게 주어진 또 하나의 임무는, 자가 운전을 하지 못하는 노인이나 미성년자가 보건소에서 코로나19 검사를 받을 수 있도록 구급차로 이송하는 일이다. 검사가 끝난 뒤에는 집으로 바래다주어 그들이 이동하는 시간에 최소한의 접촉자만 발생하도록 돕는다.

한번은 한 할머니가 며칠 전부터 열이 나고 감기 기운이 있다며 119에 도움을 청한 적이 있다. 이웃 주민이 신고를 한 것인데, 그 할머니는 핸드폰이 따로 없고 귀도 잘 들리시지 않는다고 했다. 현장에 도착해 종이에 글을 써서 할머니에게 병원에 가실 건지 물었더니 코로나19 검사만 받고 싶다고 하셨다.

병원에 도착해 선별진료소로 안내했는데, 선별진료소에서도 의사소통에 시간이 걸렸는지 다른 검사자들보다는 조금 오래 걸렸다. 그 사이 할머니의 보호자와 연락이 닿아 현재 상황을 설명했다. 더위가 기승을 부리는 한여름에 감염보호복까지 입어서 몸 안에 땀이 비 오듯 쏟아졌지만 의료진과 할머니가 원활하게 소통하는 데 게으름을 피울 순 없었다. 할머니는 코로나19

검사를 무사히 마치셨고, 병원 직원의 도움으로 처방전까지 편하게 받으실 수 있었다. 집까지 안전하게 모셔다드리는 것을 끝으로 내 임무도 완벽하게 마무리되었다.

만약 할머니가 구급차 대신 택시를 탔더라면 어땠을까. 아마 의사소통도 되지 않아 병원까지 오는 데도, 선별검사를 하는 데도, 직접 처방전을 가지러 갈 때에도 적지 않은 시간이 걸렸을 것이다. 이러한 일을 돕는 게 당연히 해야 할 내 일이지만, 그날따라 구급대원으로 일하는 나 자신이 더욱 뿌듯했다. 진심으로 도움이 필요한 사람에게 도움을 준 것 같아, 구름을 걷는 듯 발걸음이 가벼워졌다.


2020년 대구에서 코로나19 바이러스의 확산세가 폭발적으로 증가해, 당시 대구의 인력과 물자로는 버티기가 어려운 한계에 임박했을 때가 있었다. 전국적으로 많은 의료진과 자원봉사자들이 자발적으로 대구에 모였고, 소방청에서도 구급차와 구급대원을 파견해 환자 이송 등 부족한 인력에 힘을 보태며, 코로나19 바이러스를 최전선에서 막아냈다.

누구도 예상하지 못한 전 세계적인 유행병의 창궐로, 외출이 자유롭지 않고 마음도 답답한 세상에 살고 있지만, 모든 일이 그렇듯 그 끝은 있을 것이다. 그 희망을 품으며 언제나처럼 구급차는 코로나19 속을 종횡무진할 뿐이다.

# 구급 출동!
## 교통사고 현장입니다

쉽게 여기면 큰코다치는 게 교통사고 현장이다. 처음 발령받고 일을 시작한 지 얼마 되지 않았을 때는 교통사고 출동 지령이 떨어지면 심장부터 뛰어댔다. 현장이 어떤 모습인지 예측할 수 없고 환자의 상태 또한 정확히 알 수 없기 때문이다. 겉보기에는 괜찮아 보여도 내부 장기가 다쳐 병원으로 이송하는 도중 환자의 상태가 급격히 안 좋아질 수 있어서 교통사고 환자들에게는 항상 주의를 기울여야 한다. 또 사고 직후에는 환자가 매우 흥분한 상태인 경우가 많아서 정확히 아픈 곳을 이야기하지 못할 수도 있다. 그래서 더 철저하게 환자를 평가하고 처치의 방향을 정해야 한다.

하지만 계속 교통사고 현장에 나가다 보면, 체감상 80퍼센트 아니 거의 90퍼센트 이상은 가벼운 접촉 사고인 경우가 많고, 대부분이 경증환자다. 차에서 걸어서 나오는 운전자나 탑승자가 절반 이상이며, 이들 중에는 병원에 가지 않겠다고 하는 사람도 있다. 이런 상황이 반복되면 교통사고 출동에 대한 긴장이 사라지고 무뎌질 때도 있다.

그래서 빗길에서의 차 대 오토바이 사고나 인적이 드문 야간 시간대의 덤프트럭과 버스의 충돌 같은, 중증환자가 발생한 교통사고 현장에 나가면 순간 뇌가 잠시 정지해버린 것 같은 느낌이 든다.

새벽녘에 발생한 덤프트럭과 버스의 교통사고 현장이 딱 그랬다. 버스는 일반 버스가 아니라 한 회사에서 운영하는 출퇴근용 버스였다. 현장에 도착했을 때 덤프트럭 기사와 버스 운전기사는 모두 심정지 상태였고, 버스 승객들 또한 중상과 경상 환자를 포함해 꽤 많은 수의 환자가 발생한 상황이었다.

눈앞에는 아수라장이 펼쳐져 있었다. 치료가 시급해 보이는 환자들이 너무 많았다. 사고의 규모가 컸던지라 이곳저곳에서 구급차와 구조차, 지휘차 등이 모여들었다. 먼저 도착한 선임 구급대원이 환자들을 중증도에 맞게 분류했고, 속속 도착하는 구급대원에게 먼저 이송할 환자들을 알려주었다. 나는 혀가 절단된 환자를 담당했다. 다행히 환자의 의식은 명료했지만 혀가 다쳐 의사소통이 어려웠다. 이런 상황은 처음이라, 시간이 어떻게 갔는지도 모를 정도로 정신없이 내가 할 수 있는 모든 처치를 하면서 병원으로 이송했다.

빗길에서의 교통사고는 정말 일어나서는 안 되고, 제발 일어나지 말았으면 하는 사고 중 하나다. 특히나 비 오는 새벽녘에 발생하는 차 대 오토바이 사고는 규모가 꽤 클 뿐만 아니라, 오토바이 운전자가 크게 다칠 확률이 매우 높다.

한번은 차와 오토바이 교통사고 출동 지령을 받고

현장에 도착했는데, 참담한 현장 모습에 입을 다물 수 없었다. 함몰되어 뭉개진 오토바이 운전자의 얼굴… 피로 흥건한 몸… 무릎은 아예 밖으로 돌아가 있었고, 간신히 숨만 붙은 채로 바닥에 누워 있었다.

하지만 응급구조사는 사망 판정을 내릴 수 없다. 아주 명백하게 몸이 절단되거나, 장기들이 밖으로 다 나와 뿔뿔이 흩어져 있는 것처럼 누가 봐도 사망일 경우에는 의료지도 의사와 연결해 현장 상황을 전달하고, 심폐소생술 유보와 같은 지시 사항을 받아 이행한다. 이 같은 상황이 아니라면 할 수 있는, 해야 하는 모든 처치를 하며 병원으로 이송해야 한다.

이럴 때 내가 할 수 있는 일은 기도 확보를 통해 숨을 쉴 수 있도록 도와주고, 산소를 제공하는 것이다. 그리고 혈압이나 맥박, 산소포화도를 측정하고 수액 제공이나 지혈 등 알맞은 처치를 제공한다. 그런데 상황이 급박하고 환자의 생사가 내 앞에서 왔다 갔다 하면, 그 순간 아무것도 할 수 없을 것처럼 몸이 굳어버리는 느낌이 들기도 한다. 이렇게 교통사고는 무섭다.

교통사고 현장에서 중증환자를 몇 차례 만나고 난 뒤 나는 외상환자 응급처치에 대한 공부를 더 해보고 싶다는 생각이 들었다. 그래서 소방학교에서 진행하는 중증외상환자 응급처치 교육을 신청했다. 미국에서 응급구조사로 일하는 선생님과 소방 분야에서 수십 년간 일해온 선배 소방관, 대학에서 학생들을 가르치는 의사, 교수와 함께 가상의 중증 응급 상황을 설정해 실제 상황과 거의 유사하게 실습하는 교육이었다. 이 수업은 나에게 큰 도움이 되었는데, 그중에서도 가장 인상 깊었던 건 기본에 충실하라는 가르침이었다.

외상환자를 만나면 시행하는 1차 평가와 2차 평가가 있는데, 1차 평가는 쉽게 말해 A(Airway, 기도 확보), B(Breathing, 호흡 확인), C(Circulation, 순환)고, 2차 평가는 머리부터 발끝까지 세세하게 평가하는 것을 말한다. 1차 평가에서는 기본적으로 이 ABC를 체크해야 하는데, 나는 교통사고 현장에서 ABC보다는 피가 나는 부위부터 확인하고 붕대 감는 일을 먼저 하곤 했다. 교육을 통해서 가장 중요한 게 무엇인지, 내가 놓치고 있던 건 무엇인지, 왜 기본이 중요한지 다시 깨달은 소중한 기회였다.

아마도 신입 때는 할 수 있는 게 없어, 그저 출혈이 있는 한 곳만 붙들고 그것을 지혈하느라 애쓰고 있다는 행동을 보여주는 데 급급했던 것 같다. 하지만 이 직업에 몸담으면서 일할수록 중증환자를 보는 횟수도 잦아질 것이다. 그리고 '신입'이라는 변명 아닌 변명도 더 이상 할 수 없다. 그저 내가 일하는 분야를 끊임없이 공부하고 시뮬레이션하며 연습하는 수밖에 없다. 마치 아이돌이 무대 위에 서기 위해 자다가 일어나서도 춤출 수 있을 정도로 데뷔곡을 연습하듯이, 구급대원에게도 그런 노력과 열정이 필요하다.

내가 존경하는 한 선배 소방관은 센터에서 항상 공부를 하셨다. 나보다 연차도, 경력도 많은 분이었지만 누구보다 더 노력하는 모습을 보면서 참 많이 반성했더랬다. 그를 보면서 내가 하는 일이 누군가의 생명과 직결되는 중요한 일임을 항상 상기한다. 나도 그처럼 기본을 다지고, 새로운 지식을 습득하기 위한 공부와 노력을 게을리하지 않을 것이다. 근무연수가 늘어난다고 해서 자연스럽게 내 구급처치 실력과 지식이 쌓이는 건 아니다.

그래서 나는 공무원 시험에 합격하기 위한 공부가 아닌, 사람을 살리기 위한 공부를 위해 책장 한켠에 오랫동안 꽂혀 있던 전공 서적들을 다시 꺼내 들었다.

# 이제는 문을 따고
# 들어가야 할 시간

사람의 생명이 위급할 것으로 판단되거나, 안에 화재나 위험 상황이 있어 더 많은 인명 피해가 우려되는 경우, 출동한 소방대원은 현장 경찰의 동의하에 현관문을 강제로 개방하는데, 이를 '시건 개방'이라고 한다.

우리가 만나는 현장은 항상 예측 불가다. 특히 시건 개방 출동은 더욱 그렇다. 세상의 수많은 사람만큼이나 사건 사고의 내용도 각양각색이다. 그래서 시건 개방 출동이 내려지면 어떤 일이 벌어질까 예측하고 긴장하고 대비하느라 촉각이 곤두선다. 상황이 잘 끝나면 마음이 진정되고 안도감을 느끼지만, 반대라면 무척이나 고되고 정신적으로 힘들다.

하루에도 쉴 새 없이 울리는 출동 벨 소리는 내 심장을 머리 위로 올렸다가 발끝까지 내동댕이친다. 그래도 출동 내용에 따라 부담이 조금은 다른데, 복통이나 두통, 구토, 설사와 같은 출동 지령은 구급대원에게 마음의 부담이 적은 것이 사실이다. 하지만 출동 지령서에 '일주일 동안 연락이 되지 않는다', '이상한 냄새가 난다', '가족이 자살 암시 문자를 보냈다' 등의 문장이 보이면 온몸의 세포가 곤두서고 긴장하기 시작한다. 현장에서 어떤 모습을 마주하게 될지 모르기 때문이다. 일반 사람들은 살면서 한 번도 겪지 않아도 될 일을 우리는 하루에도 몇 번씩 겪는다.

부부싸움을 하거나 연인과 다투고 난 뒤 요구조자가 "죽을 거다"라는 암시를 보내거나, 젊은 연령대인 경우 SNS에 "이제 다 끝이다"라는 식의 메시지를 남기면, 그것을 보고 놀란 지인이 신고하기도 한다. 또 평소 우울증을 심하게 앓고 있는 가족이 멀리 떨어져 사는 경우에는 연락이 되지 않는다고 신변 확인을 요청하기도 한다. 요구조자가 안에 있을 것으로 추정되는 현장에 출동해서 10분 이상 문 밖에서 문을 두드리고 벨을 눌러도 인기척도 나지 않으면, 경찰의 동의하에 강제로 문을 뜯어 내부로 진입한다.

언젠가 '자살이 의심된다'는 신고를 받고 출동한 적이 있다. 신고자와 요구조자는 연인 사이로, 최근에 다툼이 있었다고 했다. 신고자가 남자친구의 집에 방문했는데, 번호키가 바뀌어 안으로 들어가 확인해 볼 수 없는 상황이었다.

"잠깐 다른 곳에 간 것은 아닐까요?"

"아니에요. 아래에 남자친구 차가 있어요. 집에 분명히 있어요!"

현장에 도착해, 초인종을 누르고 문을 두드려보아도 인기척이 없었다. 구조대원들이 시건 개방을 위해 작업을 시작하는 순간 내 머릿속은 온갖 상상의 나래가 펼쳐진다. 집 안에 그가 있을까. 있다면 자고 있을까, 자살을 선택했을까. 그는 어느 방에 있을까. 거실? 안

방? 화장실? 베란다? 만약 자살을 시도했다면, 어떤 방법으로 시도했을까. 연탄을 피웠을까, 목을 맸을까. 시간은 얼마나 지났을까. 내가 놀라지 않을 자신이 있을까… 나도 모르게 주춤하게 된다. 나 말고 다른 이가 먼저 그 사람을 발견해 주길 바란다. 옆방에서 "여기 사람 있어요"라고 말해 주길 기다린다. 소방제복을 입었다고 강심장이 되는 것은 아니었다.

"왜 남의 집에 함부로 들어와???!!!!!"
문을 강제로 개방하고 들어가자 그는 부스스한 머리를 신경질적으로 쓸어내리며 역정을 냈다. 정말 다행히도 남자는 술에 취해 자고 있었던 것(!)이다.
다행스러움 70, 허무함 20, 허탈함 10. 이런 일은 생각보다 자주 일어난다. 남편과 싸웠는데 너무 화가 나서 일부러 문을 열어주지 않았다는 사람도 부지기수다. 이런 분들을 만나면 바짝 긴장했던 마음은 어느새 사라지고, '부부싸움을 하는데 스케일이 크시네' 하고, 혹시나 아픈 곳은 없는지 물어보곤 현장을 떠난다.

그럼에도 불구하고, 출동합니다

하지만 꼭 해피엔딩으로 마무리되지는 않는다. 실제 현장에 출동했을 때 이미 자살을 시도하고 시간이 꽤 지난 경우도 있고, 자살을 시도하는 중에 발견되는 경우도 있다.

엘리베이터가 없는 어느 원룸 건물 3층. 한 남자가 술을 마시고 자살예방센터에 전화를 했다. 그는 과거에 정신병원으로 이송된 적이 있는 환자로 우리뿐 아니라 경찰도 잘 알고 있는 사람이었다. 자살예방센터에서 그의 전화를 받고 119와 112에 신고를 해 도움을 요청한 상황이었다. 혹시나 모를 상황을 대비해 여러 장비를 챙겨 올라간 뒤 문을 두드렸다.

"○○ 씨, 문 열어요! 문 좀 열어주세요! 확인만 하고 갈게요!"

인기척이 없었다. 계속해서 두드렸다. 10분 이상 경찰관과 구급대원이 번갈아가며 벨을 누르고 문을 두드려도 반응이 없었다. 결국 현장에 출동한 대원들이 시건 개방을 하고 집 안으로 진입했다. 그는 술병들로 어질러진 방 한구석에서 목을 매려 시도하고 있었다.

자신이나 타인에게 해가 되는 행동을 하는 경우, 경

찰은 정신병원에 응급입원을 시킬 수 있다. 응급입원을 위해 나는 환자가 치료받을 수 있는 정신병원을 알아보았고, 비협조적인 그를 데리고 나가기 위해 건장한 현장 대원들이 모두 투입되었다. 환자는 내려가는 도중에도 계속 난간 위에 올라타 아래로 떨어지려 했다. 그를 붙잡고 힘겹게 구급차에 태운 뒤 경찰과 동승해 병원으로 이송했다.

시건 개방은 구급 현장뿐만 아니라 화재 현장에서 내부로 진입하기 위해 하기도 한다. 한번은 연기가 난다는 신고를 받고 출동을 해서 시건 개방을 했는데, 오히려 집주인이 왜 남의 집 문을 함부로 뜯느냐며 물어내라고 다짜고짜 따진 적이 있다. 그는 그저 바퀴벌레를 퇴치하기 위해 연막탄을 피웠을 뿐이라는 것. 하지만 화재 예방조례에 따르면, 화재로 오인할 만한 우려가 있는 불을 피우거나 연막소독을 실시할 때는 미리 그 취지를 소방본부장이나 관할 소방서장에게 신고해야 한다. 만약 이 신고를 하지 않아 소방자동차를 출동하게 한 자는 과태료 20만 원이 부과된다! 이 조항을 알려주자 그 집주인은 갑자기 조용해졌다.

이 밖에도 새벽에 베란다에 나와 담배를 피우던 신고자가 맞은편 집 베란다에 걸린 잠옷을 보고 사람이 목을 매고 있는 것 같다고 신고한 일도 잊을 수 없다. 코로나19가 시작된 이후의 사건이어서 감염보호복을 갖추고 심정지 환자에게 필요한 장비를 양손 가득 들고 긴장하며 간 터라, 베란다에 걸린 잠옷을 발견했을 때는 유난히 안도의 숨을 내쉬며 가슴을 쓸어내렸더랬다.

평소에 겁이 많은 내가 구급대원 생활을 버틸 수 있는 이유 중 하나는 '함께'이기 때문이다. 나 혼자서가 아니라, 동료와 함께하기에 가능한 일이다. 시건 개방된 현장에 혼자 들어가면 마치 공포체험을 하듯 간담이 서늘해지고 온몸이 바들바들 떨리겠지만, 내 주변에는 나를 이끌어주고 가르쳐줄 훌륭한 소방 선후배들이 있다. 그들이 있기에 나는 어디든 갈 수 있다.

# 서로의 119가
# 되어주세요

 내가 속해 있는 지역에서는 심정지 환자가 발생하면 기본적으로 구급차 두 대, 펌뷸런스 한 대가 출동한다. 환자가 발생한 주소에서 가장 가까운 구급차 한 대를 선착구급대라고 하고, 그다음 근거리에 있는 출동이 가능한 구급차를 후착구급대라고 한다. 펌프차와 앰뷸런스의 합성어인 펌뷸런스는, 펌프차에 기본적인 구급장비를 싣고 다니면서 구급차의 기능을 할 수 있게 만든 것이다. 여기에 시건 개방 등의 구조 상황이 필요한 경우에는 구조대 차량까지 총 네 대가 출동한다.

그럼에도 불구하고, 출동합니다

이렇게 한 사람의 심정지 환자를 위해 최소 열 명 이상의 소방대원들이 노력하는 것이다.

상황에 따라 현장의 리더는 융통성 있게 정해지지만 대개 선착구급대 중 가장 선임이 그 구급 현장에서 리더가 된다. 리더는 의료지도 의사와 영상통화를 하며 현장 상황을 의사에게, 의사의 지시 사항을 현장에 전달하는 중개자 역할을 한다. 우선, 현장에 있던 목격자나 보호자로부터 얻은 환자의 과거 병력이나 수술 이력, 쓰러진 시간, 현장 상황을 의사에게 전달한다. 그리고 다른 구급대원들은 구체적인 응급처치에 돌입한다. 한 구급대원이 가슴압박을 시작하면 다른 구급대원은 기도 확보를 하기 위해 기도유지장치를 삽입하고, 백밸브 마스크로 고농도의 산소를 투여한다. 또 다른 구급대원은 약물 주입을 위해 정맥로 확보를 시도한다. 그리고 옆의 대원이 약물을 준비한다. 가슴압박은 한 사람이 오래하면 지치고, 질도 떨어지므로 함께 출동한 펌뷸런스 대원들이 교대로 한다.

현장에서 기본적으로 약 20분 정도 전문 심폐소생

술을 진행한 뒤 병원으로 이송하는데, 병원에서는 언제부터 가슴압박을 시작했고, 언제 기도 확보를 했으며, 언제 어떤 약물을 주입했는지 상세히 물어본다. 그래서 리더 역할을 하는 구급대원이 시간 체크를 해두면 나중에 일지를 남길 때도 편하다.

어느 날, 공사장에 심정지 추정 환자가 있다는 출동 지령이 내려졌다. 현장에 출동해 보니 바닥은 돌멩이와 큰 벽돌로 어수선했고, 통로도 비좁았다. 심정지 환자를 위해 많은 대원이 출동했지만 전체 인원이 다 들어갈 수 없을 정도로 공간은 비좁았다. 환자의 상태를 확인해 보니 의식과 호흡, 맥박이 없었고 심정지 상태였다. 환자의 기도를 확보하고 가슴압박을 진행하며 자동심장충격기를 붙였다. 환자의 심전도 리듬을 보니 전기충격이 필요한 상황이었다. 전기충격을 가하고 다시 맥박을 확인하자 대퇴 동맥에서 맥박이 뛰는 것이 느껴졌다. 전기충격 한 번에 환자의 심장이 다시 뛰기 시작한 것이다.

심정지 발생 직후 5분 이내에 곧바로 시행한 가슴압박은 환자의 소생률을 매우 높일 수 있다. 그래서 현장 목격자들의 빠른 가슴압박 시행이 굉장히 중요하다. 특히 산 중턱이나 사람의 인적이 드문 곳에서 심정지 환자가 발생하면, 119구급대원이 현장까지 가는 데 시간이 걸릴 수밖에 없어서 주변 목격자들의 심폐소생술이 무척이나 중요하다.

흔히 심폐소생술 하면 가슴을 누르고 입을 맞춰 인공호흡을 해야 하는 것으로 알고 있다. 내가 대학을 다니던 시절만 해도 일반인들에게 '30:2'라고 해서 가슴압박 30회에 인공호흡 2회를 하라고 교육했지만, 최근 연구 결과에 따르면 지속적으로 가슴압박을 하는 것과 중간에 2회의 호흡을 불어넣는 것이 소생률에서 크게 차이가 없음이 밝혀졌다. 그래서 요즘은 지속적으로 가슴압박만 할 것을 권고한다.


한번쯤은 의학드라마에서 웅장한 배경음악과 함께 의사 역을 맡은 배우가 패드에 젤을 발라서 "비켜!! 200줄!"이라고 말하며 처치하는 장면을 본 적이 있을 것이다. 병원에서 사용하는 것과 동일하게 현장에서 심장에 충격을 줄 수 있는 장치를 '자동심장충격기'라고 한다.

보건복지부 응급의료에 관한 법률에 따르면, 공항, 철도, 경마장, 운동장, 체육관, 500세대가 넘는 공동 주택 등 공공장소나 다중이용시설에 자동심장충격기 설치를 의무화하고 있다. 대부분의 아파트에는 1층이나 관리실, 경비실에 배치되어 있다. 내가 살고 있는 주변의 자동심장충격기 위치를 알아두면, 심정지 환자를 살리는 데 큰 도움이 될 수 있다. 자동심장충격기는 초등학생도 사용할 수 있을 정도로 조작이 쉬우니, 기계를 겁내지 말고 위급한 상황에 꼭 사용하시길.

응급처치를 하는 의료진, 의료종사자, 소방관만이 사람을 살릴 수 있는 것은 아니다. 우리 모두가 서로의 119가 되어줄 수 있다. 목격자의 심폐소생술 시행률이 높아져, 119대원들이 현장에 도착하면 멈춰 있던 환자의 심장이 다시 뛰고 있는 일이 많이 생기기를 나는 매일 꿈꿔본다.

# 심폐소생술, '깊고 빠르게'를 기억하세요

심폐소생술은 나를 위해 쓸 수는 없지만, 가족이나 동료처럼 소중한 사람들의 목숨을 구할 수 있는 정말 고마운 응급처치술이다. 심장은 매 분마다 60~100회씩 혈류를 방출하는 펌프 작용을 하는데, 심장이 멈추면 뇌와 장기에 산소를 공급할 수 없어 4~5분 내에 뇌손상이 발생한다. 따라서 최대한 빠른 시간 안에 심폐소생술을 시행해야 한다. 집에서 가족 누군가가 또는 길을 가다가 심장을 움켜쥐고 쓰러지는 사람을 발견한다면, 당황하지 말고 다음의 세 단계를 기억하자.

1. 환자에게 다가가서 어깨를 두드리고 큰소리로 불러

반응이 있는지 살피며 심정지 상태인지 확인한다.

2. 심정지 상태라고 판단하면 119에 신고하고, 옆 사람에게 심장에 충격을 가하는 자동심장충격기를 가져다 달라고 부탁한다. '자동심장충격기'라는 단어가 떠오르지 않으면 일단 119에 신고부터 한다.

3. 119가 올 때까지 가슴압박을 한다.
- 먼저 환자의 가슴 중앙에 한쪽 손꿈치를 대고 다른 한 손을 그 위에 포개어 깍지를 낀다. 그리고 팔꿈치를 곧게 펴고 강하고 규칙적으로 누른다.
- 체중을 실어 분당 100~120회의 속도와 5~6센티미터(소아는 4~5센티미터) 깊이로 빠르게 누른다. 이 숫자들을 외우기 어렵다면 '깊고 빠르게'를 기억하면 좋다.

내가 단단해야
누군가도 돕습니다

# 소방관은
# 불만 끈다고요?

사람들은 흔히 소방관 하면 불을 끄는 직업이라 생각한다. 나도 이 직업을 갖기 전에는 불을 끄는 것이 소방관의 주 업무일 것이라 생각했다. 하지만 소방관들은 그보다 훨씬 더 많은 일을 하고 있다. 소방기본법은 소방에 대해 "화재를 예방·경계하거나 진압하고 화재, 재난·재해 그 밖의 위급한 상황에서 구조·구급활동 등을 통해 국민의 생명과 신체, 재산을 보호하는 것"이라고 정의하고 있다.

소방관은 교대근무를 하지 않는 내근직원과 교대근무를 하며 현장에 출동하는 외근직원들로 이루어진다. 내근직원과 외근직원은 고정되지 않고, 서로 보직을 순환하며 다양한 일을 맡는다. 내근직원들은 화재 예방, 방호, 구조구급과 등으로 나뉘어 시민의 안전을 지키기 위해 일하고, 외근 직원들은 구조대, 구급대, 진압대로 구성되어 현장에서 직접 소방활동을 펼친다. 나는 그중에서 구급대에 속해 있다.

구급대원은 공채와 특채로 선발한다. 공채는 18세 이상 40세 이하이면서 1종 면허를 가지고 있다면 누구나 지원할 수 있으며, 특채는 1급 응급구조사 자격증이나 간호사 자격증이 있어야 지원이 가능하다. 1급 응급구조사 시험은 대학이나 전문대학에서 응급구조학을 전공하고 졸업한 사람, 보건복지부장관이 인정하는 외국의 응급구조사 자격을 받은 사람, 2급 응급구조사로서 실제 응급구조사 업무에 3년 이상 종사한 사람만 응시할 수 있다. 총 다섯 과목의 필기시험과 그 이후 치러지는 실기시험에서 100점 만점에 60점 이상 받으면

내가 단단해야 누군가도 돕습니다

1급 응급구조사가 될 수 있다.

나는 외근직 생활만 경험한 터라 소방의 다른 분야 업무에 대해서 속속들이 알고 깊은 부분까지 설명할 순 없지만, 소방관들이 각자의 자리에서 다양한 업무를 수행하며 시민의 안전을 위해 수고를 마다하지 않는다는 사실은 잘 알고 있다.

소방본부는 크게 소방의 인사와 정책을 다루는 소방행정과와 화재를 예방하고 대책을 마련하는 화재대책과, 현장에서 구조·구급활동을 하는 대응과, 청렴하고 올바른 조직문화를 만들기 위해 감찰을 담당하는 부서도 있다. 이 밖에도 종합상황실과 신임 소방관들을 육성하고 교육하는 소방학교도 존재한다.

과와 팀의 이름은 지역마다 소방서마다 조금씩 다를 수 있다. 화재 예방 분야에는 신축건축물 안에 소방시설이 제대로 설계·설치되었는지 여부 등을 확인하는 민원팀과 기존 건축물의 소방시설이 원활하게 작동하는지 여부 등을 직접 현장에 나가 확인하는 소방특별조사팀이 있다.

현장대응팀은 현장에서 가장 가깝게 시민들과 접촉하는 업무를 주로 담당한다. 재난 현장에 가장 신속하고 빠르게 대응하는 방안을 연구해 매뉴얼을 만든다. 또 화재감지기를 설치하고, 길 터주기처럼 시민의 협조가 필요한 일을 계획하고 홍보하기도 한다. 정기적으로 소방차에 현수막을 달고 정해진 코스를 돌며 길 터주기에 관해 홍보하고 있으니, 관심이 있다면 눈여겨보시길.

이렇게 다양한 과에 많은 사람이 존재하는 이유는 모두 국민의 생명과 재산을 지키기 위해서다. 우리 모두는 유기체다. 잘 들어맞는 톱니바퀴처럼 각자 맡은 곳에서 제 역할을 충실히 할 때, 현장에서도, 현장을 뒷받침하고 제도를 만드는 과에서도 시너지효과가 일어날 것이다.

그리고 나도 예외일 순 없다! 내가 속한 조직의 톱니바퀴가 잘 돌아가도록 능력을 더 계발하고, 아직 경험해 보지 못한 미지의 분야에도 도전해 봐야지.

수십 개의 소방서와 그 안에서 다시 나뉘는 여러 센
터에서는 소방관들이 세분화된 자신만의 업무를 하며
국민을 위해 하루하루 촌각을 다투고 있다. 그러니 길
을 가다가 우연히 소방차나 소방대원을 만난다면 마음
속으로나마 작은 응원을 보내주시길.

## 따뜻한 마음만으론
## 환자 못 살립니다

'따뜻한 마음만으로는 환자를 살릴 수 없다.'

참 재미있게 보고 있는 〈슬기로운 의사생활〉에 나온 이 대사는, 유독 내게 깊은 감명을 남겼다. 때마침 구급 업무에 굉장히 열정적인 선배를 만나서였을까. 더 공부해야겠다는 생각이 머릿속에 들불처럼 번졌다.

'구급대원은 현장에서 참고해야 할 지침을 머릿속에 완전히 숙지하는 것이 중요하다'는 가르침을 준 그 선배 덕분에 나는 공부의 방향을 제대로 잡았고, 지금까지 이어올 수 있었다. 응급 현장에서는 미처 생각할 겨

내가 단단해야 누군가도 돕습니다

를이 없이 위험천만하고 예측 불가한 상황이 연속되기에 선배의 이 말은 백번 옳았다!

아래에 나열한 사항들은 나를 위한 복기이자, 앞으로 구급대원이 되고 싶은 사람들이나 갓 구급대원이 된 사람들을 위한 도움말이다.

## 장비 점검이 곧 생명

구급차와 구급차에 적재된 구급장비를 확인하는 일은 매우 중요하다. 구급대원의 일과는 출근해서 이를 점검하는 것으로 시작한다. 위급한 순간에 필요한 기구나 소모품이 없으면, 당황스러울 뿐 아니라 환자의 생명과도 직결될 수 있다. 그래서 교대를 할 때 전 근무자가 사용한 물품의 여부와 다른 특이사항을 확인하고, 출동에 대비해야 한다. 가장 중요한 자동심장충격기의 배터리는 완충되어 있는지, 환자의 상태를 보는 모니터는 제대로 작동하는지, 혈압계에 건전지는 있는지, 혈당측정기에 혈당스틱 개수는 넉넉한지, 시트는 깨끗한지, 환자의 체온을 유지해줄 모포는 있는지, 코로나19 바이러스가 창궐한 이후에는 구급차에 일정한

여분의 감염보호복이 있는지, 환자의 상처를 소독해줄 거즈와 생리식염수의 양은 충분한지, 들것의 바퀴는 잘 작동하는지, 분리형 들것은 제자리에 위치해 있는지 등을 일일이 확인한다.

그러고 난 뒤에는 구급차 청소를 시작한다. 수많은 환자가 타고 내리는 곳이라 청결이 필수다. 가끔은 너무 힘들고 배고파서 얼른 센터에 들어가 쉬고 싶을 때도 있지만, 내 가족이 탄다고 생각하며 구급차 내부의 청결을 늘 유지해야 한다.

## 지녀야 할 능력 1: 응급처치 지식과 술기 능력

환자를 처음 만난 그 순간부터 환자 평가는 시작된다. 바늘 하면 실, A 다음엔 B듯, 바로바로 내가 무엇을 해야 할지, 지금 환자에게 내과적으로 어떤 상황이 벌어지고 있는지 판단해야 한다. 그 뒤 문진이 가능하다면 환자의 정보를 종합해 상황을 판단하고 가장 적합한 응급처치를 제공한다. 예를 들어, 만성폐쇄성폐질환이 있는 환자에게는 처음부터 고농도의 산소를 제공해서는 안 된다. 몸에서 산소가 너무 많다고 인식해 숨

쉬는 것을 멈출 수도 있다. 이런 사항은 대학 수업에서 기본적으로 배우는 것이지만, 사람은 계속 공부하지 않으면 까먹게 되어 있다.

또 심정지 환자에게 사용하는 약물의 용량은 미리 알고 있어야 한다. 약물마다 사람에게 투여하는 양이 다르고, 다른 것과 섞어서 투여해야 하는 약물도 있다. 물론 순간적으로 헷갈리거나 확인이 필요한 경우에는 현장에서 지도해 주는 의료지도 의사에게 물어봐도 되지만, '아' 하면 '어' 할 수 있을 정도로 달달 암기하고 있어야 한다.

환자에게 의식이 있다면 환자로부터, 그렇지 않다면 보호자로부터 환자의 과거력(예를 들어, 환자가 과거부터 앓고 있었던 질병이나 수술받았던 경험, 복용하고 있는 약), 손상 기전, 증상이 발생했을 때의 상황을 파악하고 잘 조합하는 능력은 매우 중요하다.

전문적으로 공부하고 자격증을 취득한 1급 응급구조사들도 현장에서 일하다 보면, 아직 그 전문성을 인정받기엔 부족하구나 하는 생각이 들 때가 많다.

나에게도 지우고 싶은 수치스러운 기억이 있다. 갓 태어난 신생아와 산모를 함께 이송하는 중이었는데, 이런 경험이 흔치 않아서 몹시 당황한 상태였다. 함께 한 구급대원도 나보다 늦게 들어온 후배라 의료지도 의사와 통화하며 상황에 대처해 가고 있었다. 다행히 산모와 신생아의 상태는 모두 괜찮았다. 구급차 안에서 119상황실과 무전을 하면서 병원으로 향하는데, 상황실 직원이 물었다. "아프가 점수가 몇 점이죠?"

순간 생각이 나지 않았다. 아프가 점수가 무엇인지는 알겠는데, 점수와 항목이 구체적으로 떠오르지 않았다. 아프가 점수는 신생아의 피부색, 맥박, 우는 정도, 팔다리의 움직임 정도, 호흡 양상에 따라서 점수를 매기는 것으로, 10점 만점에 10점이 가장 좋은 상태, 7~10점은 양호한 상태, 4~6점은 중증도의 어려움이 있는 것으로 어느 정도 의학적 노력이 필요한 상태, 3점 이하는 신속한 치료가 필요한 상태를 말한다.

"15점이요! 15점!!!!!!"

건강한 아이를 보며, 흡족했던 나는 힘차게 이렇게 외치고 말았다. 10점 만점의 아프가 점수인데, 15점이

내가 단단해야 누군가도 돕습니다

라니! 아, 이불 킥 백만 년 감이다. 지금 다시 생각해도 구급대원으로서 정말 부끄럽고 창피했던 순간이다.

## 지녀야 할 능력 2: 지리 파악 능력

2001년 발생한 911테러를 다룬 한 다큐멘터리에서 어느 소방관은 이렇게 말했다. "모든 층의 계단 하나하나까지 속속들이 알아야 한다."

소방관에게 지리 파악은 중요한 일을 넘어 의무에 가깝다. 오래전부터 일해오신 선배님들은 거의 대부분, 골목의 구석구석까지 다 꿰고 계신다. 요즘에야 워낙 내비게이션이 잘되어 있고 스마트폰으로도 검색이 가능해 길을 잘 몰라도 현장에 도착할 수 하지만, 길을 알고 내비게이션을 켜놓는 것과 길을 알지 못한 채 내비게이션에만 의지해서 가는 것은 천양지차다.

내가 존경하는 선배 소방관 중 한 분은 신호등의 체계와 순서도 다 외울 정도로 현장 지리에 능하시다. 그래서 언제나 가장 단시간 내에 현장에 도착하는 길을 제시해 주신다. 선배는 늘 후배들에게 지리 파악의 중요성을 강조하시는데, 정말 본받아야 마땅할 능력이다.

## 지녀야 할 능력 3: 체력

드라마 〈미생〉에서 '무엇인가를 이루려면 체력부터 기르라'고 했다. 이 일을 하면 할수록 정말 맞는 말이라는 생각이 든다. 화재 진압 때 소방관이 입고, 메는 장비의 무게는 25킬로그램 정도다. 화재 현장에서는 해야 할 일에 대한 집중력과 긴장감 때문에 개인안전장비의 무게가 잘 느껴지지 않지만, 적지 않은 무게다. 내가 여자라고 해서, 체구가 작다고 해서 개인보호장비의 무게가 갑자기 10킬로그램으로 줄어들지 않으며, 화염이 갑자기 내 앞에서 줄어드는 일은 더더욱 없다.

현장에서 자신뿐 아니라 다른 사람까지 지키는 일을 하기 위해서는 지금보다 더 많은 운동과 노력이 필요하다. 일을 하다 보면 체력적으로 힘들고, 한계에 부딪히는 일도 많다. 내 몸이 힘들고 피곤하면 작은 일에도 예민해지고 화가 쉽게 나지만, 몸이 건강하고 에너지가 넘칠 때는 작은 문제 따위에 신경 쓰지 않고, 문제 해결을 위한 대책으로 쉽게 눈을 돌릴 수 있다. 좋은 인격은 건강한 체력에서 나온다고 하지 않는가!

전체 소방 출동 중에서 구급 출동은 절반 이상을 차지하고 있다. 구급 출동이 유달리 많은 날은 퇴근할 즈음 구급일지를 보면서 '와 많이 했다, 밥값은 했다' 하는 뿌듯함에 스스로가 대견하다. 동시에 몸에 진이 다 빠져 혈관 속 혈액이 다 말라버린 것 같은 느낌도 뒤따른다. 이러한 육체적 힘듦이야 얼마든지 괜찮다. 푹 자고 일어나거나 휴식을 취하면 다시 돌아오니까.

하지만 견딜 수 없는 것은 현장에서 나의 무능을 마주했을 때다. 몸은 허둥지둥, 머릿속은 뒤죽박죽, 병원에서 간호사가 왜 이것도 안 했냐고 쏘아붙이거나 체력적인 한계를 보일 때는 부끄러움에 견딜 수가 없다. 수치스럽고 미안함에 고개를 들 수가 없다. 그래서 내가 살기 위해서, 스스로 자괴감에 빠지지 않기 위해서라도 내 능력치를 쌓아가는 일을 멈출 수 없다.


국민들의 의식 수준과 교육 수준이 점차 높아지면서 구급대원이 제공해야 하는 서비스의 품질 또한 점점 향상되어왔다. 나는 스스로에게 이런 질문을 던져본다. 나는 훌륭한 소방관일까? 능력 있는 구급대원일까? 만약 이 환자가 더 능력이 출중하고 처치에 능한 구급대원을 만났더라면 이 사람의 예후가 바뀌었을까?

구급대원에게 현장은 도착한 순간부터 실전이다. 그곳에 연습 같은 건 없다. 구급대원이 현장에서 연습한다는 것은 사람의 생명을 가지고 연습하는 것과 같다. 이때 필요한 건 평소에 갈고닦은 지식과 체력, 그리고 무거운 책임감뿐. 지금 내 작은 행동 하나하나가 누군가의 삶과 직결된다는 사실을 절대 잊지 말자.

# 1급 응급구조사의 부담감

화재 현장에서는 경력이 많은 지휘관이 리더다. 그의 말을 따라 수십, 아니 수백 명의 대원이 일사불란하게 움직인다.

그러나 보통의 구급 현장에서는 구급대원(1급 응급구조사 또는 간호사)이 리더다. 심장이 멈춘 사람에게 실시하는 심폐소생술을 유보하겠다는 판단을 할 때도, 어떤 응급처치를 해야 할지도 구급대원이 결정한다. 그래서 비록 신규 소방관이라 할지라도 1급 응급구조사라면, 리더로서 책임감과 역량을 발휘해야 한다. 게다

128
Part 3

가 나의 초기 대응으로 환자의 예후가 달라질 수 있다. 지금은 많이 나아졌지만, 임용된 초기에는 이러한 부담감 때문에 종종 어이없는 실수의 주인공이 되기도 했다.

발령받은 지 얼마 되지 않았을 무렵, 호흡곤란 환자를 이송하러 한 공장에 출동한 적이 있다. 미로 같은 공장 내부를 지나 발견한 환자는, 책상 같은 곳에 머리를 기대고 엎드린 채 가쁜 숨을 쉬고 있었다. 의식은 있었으나 금방이라도 숨이 넘어갈 것처럼 힘들어했다. 과호흡 환자였다. 산소포화도 농도를 측정해 보니 정상 범위에 속했지만 환자가 너무 힘들어해 일단 현장을 벗어나기로 했다.

과호흡은 극심한 흥분 상태에서 호흡이 가빠져 체내 이산화탄소 농도가 급격히 떨어져 발생하는 현상이다. 정상적인 분당 호흡수는 12~20회 정도인데, 과호흡 증상을 호소하는 사람들은 그보다 더 빠르고 가쁘게 숨을 쉰다. 보통 젊은 여성들에게서 많이 발생하는데, 극심한 스트레스를 받거나 남편이나 남자친구와

내가 단단해야 누군가도 돕습니다

다툼이 있고 난 뒤 증상이 나타나 신고를 하는 경우가 많다. 지속적으로 과호흡을 하게 되면 손발이 저리고 마비되는 느낌이 나거나 어지럼증이 나타날 수 있다.

나는 서둘러 환자를 구급차에 싣고 병원으로 달렸다. 구급대원의 현장 처치를 돕기 위한 표준지침상에는, 과호흡 환자에게 고농도의 산소를 제공할 수 있는 비재호흡마스크를 씌워만 주고, 산소는 제공하지 말라고 되어 있다. 환자의 호흡을 안정화시키는 것이 급선무이기 때문이다.

그런데 경험이 없던 나는 어떻게 해야 하나 생각하며 식은땀만 줄줄 흘렸다. 점점 부담감이 커져갔다. 이윽고 산소부터 제공해야겠다는 생각에 고농도의 산소를 주입하며 병원으로 이송하고 말았다. 다행히 환자에게 별다른 이상이 없었고, 응급실에서도 과호흡 환자를 수도 없이 봐왔던 탓인지 대수롭지 않게 여겼지만, 지금 생각해도 아차 싶은 순간이다. 지금이야 숨을 들이마시고 내쉬는 타이밍을 유도하며 과호흡 환자를 안정시키는 건 식은 죽 먹기지만, 그때는 말 그대로 생초보 그 자체였다.

게다가 나는 주사바늘 공포증(!)도 앓고 있었다. 구급대원이라면 거의 필수적으로 시행하는 검사 중에 혈당검사가 있다. 그런데 나는 다른 사람의 몸을 찔러 피를 내야 한다는 사실이 소름 끼치게 무섭고 떨렸다. '바늘을 찔렀는데, 피가 안 나오면 어떡하지' 하는 두려움을 가득 안고 혈당검사를 시행하니, 바늘이 피가 맺힐 정도로 들어가지 않아서 피 한 방울 나오지 않았다. 그러면 또 찔러야 한다. 그래서 꼭 필요한 때, 예를 들어 당뇨를 앓고 있는 사람이 의식이 처지는 경우 등을 제외하고는 혈당검사 하는 것을 피하기도 했다.

환자의 혈관을 따라 정맥로를 확보해야 하는 일은 더 고역이었다. 혈당이 떨어져 의식이 처지거나, 혈압이 너무 낮아 수액공급이 필요하거나, 심정지 환자에게 약물을 제공해야 할 때는 혈당검사를 할 때보다 더 큰 바늘을 환자의 몸에 직접 꽂아야 한다.

발령되자마자 1급 응급구조사 선임 없이 시작된 구급대 생활은 나에게 연일 실패의 경험만 안겼고, 정맥로 확보에 대한 두려움은 점점 커져갔다. 동료들을 만나 이야기를 나누고 선배들에게 조언을 들어도 실전에서 내가 직접 성공한 경험이 없으니 효과는 제로였다. 남들은 쉽게도 잘만 하는 그 정맥로 확보를 나는 왜 하지 못할까. 그 상황이 오지 않았으면 좋겠다고 매일매일 기도하며 출근했었다.

이후 출동이 많은 센터로 옮겨 정맥로 확보와 혈당검사를 밥 먹듯이 하게 되면서 두려움은 날로 줄어들고 자신감과 실력은 올라갔다. 아직도 정맥로 확보에 대한 자신감이 100퍼센트 충만한 것은 아니지만, 신입 시절 겁에 질린 강아지처럼 바들바들 떠는 그런 모습은 다행히 벗어났다.

실수담이 이쯤에서 끝이라면 얼마나 좋을까. 아직 하나 더 남은 이 실수는 다시는 해서는 안 될 행동으로 마음 깊이 새겨져 있다.

아파트 화단에 사람이 쓰러져 있다는 신고를 받고 출동을 했다. 심정지 추정을 의심하며 갖가지 장비들을 가지고 현장으로 뛰어갔는데, 추락한 것으로 추정되는 환자가 화단에 엎드린 채 있었다. 관절이 정상적인 모습과 다르게 꺾여 있었고, 얼굴로 떨어진 것 같아 마음속으로는 지레짐작으로 이미 돌아가셨겠다고 생각했다. 어찌 됐든 환자의 의식과 호흡이 있는지 살피고, 전문적인 장비를 이용해 확인을 시작했어야 했는데, 나는 잠시 머뭇거리고 말았다.

곧바로 동료들이 달려와 같이 환자의 자세를 바로해 확인했는데, 놀랍게도 환자가 숨을 쉬고 있었다. 나는 왜 그 상황에서 머뭇거렸을까? 사실 오금이 저릴 정도로 너무 무서웠다. 환자를 바로 세웠을 때 환자의 얼굴이 다 망가져 있을 거라고 혼자서 상상의 나래를 펼쳤다. 그리고 아주, 아주 조금은 어서 복귀해 쉬고 싶다는 마음도 있었다. 그래서 환자 상태를 확인하기도 전에 이미 죽었겠구나, 섣부른 판단을 해버린 것이다. 이 경험 이후로는 절대 어느 상황이든 허투루 넘기지 않는다. 끝까지 환자의 상태를 확인하고, 할 수 있는 마지막 처치까지 온 힘을 쏟아낸다.

구급대원은 어떤 현장이든 환자가 있는 곳이라면, 제일 먼저 환자 상태를 파악하고 그에 맞는 처치를 해야 하는 사람이다. 그래서 환자와 마주하기 직전에는

내가 단단해야 누군가도 돕습니다

온 신경이 곤두서고 긴장감이 최고점에 달한다. 그 부담감은 첫 출동을 나갔을 때나 몇 년이 지난 지금도 같으며, 심지어 나보다 더 오래 일한 선배 구급대원들도 이 같은 부담감을 느낀다고 한다.

생명을 구하는 일은 숭고하고 의미 있지만, 막상 그 일을 하는 입장에서는 언제나 부담감을 내려놓을 수 없는 힘든 선택의 연속이다. 언제쯤 이 긴장감과 부담감에 적응할 수 있을까. 아마 그런 날은 오지 않을 것이다. 그저 그 상황에 무뎌질 뿐.

## 서로 사이좋게
## 지내면 좋잖아요

    우리나라 응급의료 체계는 1993년 목포 아시아나 추락사고, 1995년 삼풍백화점 붕괴사고와 같이 대형 재난 현장을 경험하면서 발전해 왔다. 수많은 사람의 눈물로 얼룩진 재난 현장과 응급의료 체계의 발전 역사가 공존한다는 점이 씁쓸하면서도, 당시의 구조 모습을 자료화면으로 볼 때마다 정말 눈부시게 발전했구나, 놀라움이 뒤따른다.

    현재 응급의료 체계는 응급환자를 처치하고 이송하는 병원 전 단계와 응급실에서 처치가 이루어지는 병

내가 단단해야 누군가도 돕습니다

원 단계로 이루어진다. 병원 전 단계와 병원 단계 그리고 그 둘을 잇는 통신체계가 모두 원활하게 작동해야 환자의 생존율을 높일 수 있다. 병원 전 단계의 응급구조사인 나는 병원 단계에 있는 의료진을 매일 만날 수밖에 없다. 이 두 직업의 공통점은, 아픈 사람들을 위해 일한다는 사명감이 있지만, 교대근무로 많이 지치고, 소위 말하는 진상과 나이롱환자 때문에 진 빠지는 일이 허다하다는 점이다.

출동이 잦고 병원이 가까운 센터에서 일하면, 하루에도 한 병원에 몇 번씩이나 가게 되는 경우가 있다. 그러면 자연스럽게 병원 응급실에서 일하는 응급구조사나 간호사와 안면이 트이고, 어떤 스타일로 일하는지도 대략 알 수 있다. 통제하기 힘든 주취자나 행려자를 병원에 이송할 때면 친분이나 안면이 있는 간호사, 응급구조사에게 미리 조심하라고 얘기해 주고, 고생이 많다는 말도 잊지 않는다.

병원 의료진 중에는 구급대원이 갈 때마다 아이스크림이나 음료수를 챙겨주는 사람도 있다. 그들과 나

사이에는, 응급의료 체계를 구성하는 인력으로 서로 소통하고 협력해야만 시너지효과를 낼 수 있다는 공감대가 있다.

이렇게 서로 부둥부둥 사이좋은 관계만 있다면, 아마 일에서 오는 스트레스의 절반은 사라지겠지? 현실은 그렇게 녹록지 않을 때도 많다.

한번은 응급실로 환자를 싣고 들어갔는데, 하필 항상 인상을 쓰고 일하기 싫어하는 티를 팍팍 내는 의사와 마주쳤다. 응급실에서는 그곳에서 일하는 응급구조사나 간호사의 안내를 받아야 환자를 어느 침대로 옮겨야 할지 알 수 있기에 우리는 병원 응급실 입구에서 환자를 주들것에 눕힌 채 대기했다. 그런데 간호사가 아까 그 의사와 이야기를 나누고 오더니, 조금만 기다려 달라는 말만 남기고는 환자 차트가 나와 있는 모니터만 들여다보며 가만히 앉아 있는 것 아닌가!

그렇게 우리는 30분 이상을 한자리에 우두커니 서서 기다렸다. 뭔가 이상해 응급실 내부로 들어가 보니 분명히 빈자리가 있었다. 순간 빈정이 상해서 "저기 빈

자리가 있지 않냐"고 물었더니 다시 한번 조금만 더 기다려 달라는 말만 되풀이할 뿐이었다. 거의 40분 넘게 시간이 흐르자 참다못한 보호자가 한마디했고, 그제서야 간호사는 환자를 이쪽에 내려 달라며 안내를 했다.

나는 이 같은 상황이 너무 어이없고, 부당하다고 느껴 센터에 돌아와 상부에 보고했다. 병원 측에서는 그 당시 환자가 많아서 그랬다는 변명을 했다고 한다. 119 구급대원은 구급대원 폭행을 방지하고, 민원 발생 시 자료 확보를 위해 항상 웨어러블 캠이라는 녹화 장치를 좌측 가슴에 부착하고 다닌다. 나는 그 말을 듣고 그날 영상을 확인해 보았다. 영상 속에는 비어 있는 침대가 세 개나 보였다.


언젠가는 대학병원 응급실에서 처치받고 싶다는 비응급환자를 병원으로 이송했는데, 병원에서 왜 여기로 데리고 왔냐는 뉘앙스를 풍기며 눈으로 레이저빔을 쏜 적도 있다. 구급대원은 짧은 시간 안에 환자의 모든 내과적 병리상태를 판단하기 어렵다. 또 비응급환자의 이송을 거부했다는 악성 민원을 제기하는 사례도 많아

예방적 차원에서 어쩔 수 없이 환자가 요구하면 대학병원 응급실로 이송할 수밖에 없는 애로 사항도 있다.

물론 구급차는 정말 도움이 필요하고 '응급'한 환자만 이용해야 한다. 하지만 이 같은 일에는 좀 더 많은 사람이 인식하고 동참할 수 있도록 교육과 홍보가 선행되어야 한다. 환자를 돌보고 처치하는 응급의료종사자와 병원의 의료진은 서로 한발 물러서서, 더 나은 서비스를 제공하는 데 집중했으면 하는 바람이 있다.


지금도 전국의 수많은 구급대원과 의사, 간호사 그리고 의료종사자는 밤낮없이 잠을 설쳐가며 환자들을 위해 헌신하고 있다. 사실, 의사와 간호사의 업무가 얼마나 고된지 격하게 공감하는 사람은 구급대원이고, 구급대원의 노고를 가장 잘 이해하는 사람은 의사와 간호사일 것이다. 소속은 다르지만, 같은 목표를 위해 일하는 사람들이니만큼 서로 이해하는 마음을 가지고 협동해 일할 수 있었으면 좋겠다. 나 역시도 그들을 만나면 '수고하신다'는 따뜻한 말 한마디라도 더 건네야겠다.

내가 단단해야 누군가도 돕습니다

우리
정년퇴직 하기로 해요

"와~ 정말 대단해!"

초등학생 때 TV를 통해 911테러 현장에서 구조 작업을 펼치는 소방관을 볼 때마다 나는 벅차올랐다. 모든 사람이 대피하기 위해 1층으로 내려가는데, 사람들을 구조하기 위해 무너질지도 모르는 건물 계단을 오르는 소방관들의 모습은 초딩 꼬마의 눈에 히어로 그 자체였다. 그 꼬마가 지금은 소방관이 되어 있다니, 정말 사람 일은 모른다.

소방관들은 항상 위험을 마주하는 삶을 산다. 그래서 거수경례를 하면서 하는 말도 "안! 전!"이다. 안전은 소방관이라면 모두 가슴 깊이 새겨야 할 제일의 모토다. 내 안전이 확보되어야 어떤 일이든 할 수 있기 때문이다. 다른 사람들은 일부러라도 피하는 사고 현장이 우리의 일터이기에 위험을 무릅쓰고 들어가지만, 때로는 그 과정에서 다치거나 목숨을 잃기도 한다.

한겨울의 이른 새벽, 심정지 출동 지령을 받고 출동했다. 현장에 도착하니 한 사람이 차가운 길바닥에 실오라기 하나 걸치지 않은 채 누워 있었다. 심정지 상태였으며, 시간이 꽤 지난 것처럼 보였다. 나는 의료지도를 받으려고 핸드폰 카메라로 현장을 비추며 주변을 서성였다. 그런데 그만 뒷걸음질하다가 1미터 높이의 낭떠러지로 떨어지고 말았다. 너무나 순식간에 일어난 일이라 순간 머릿속이 멍해졌는데, 대원들의 도움으로 무사히 구출되었다. 그렇지만 허리가 너무 아파 한동안은 한의원에서 침 치료를 받아야 했다.

내가 단단해야 누군가도 돕습니다

한번은 이런 일도 있었다. 화재 현장에서 연기를 마신 환자들을 병원으로 이송하기 위해 출동했는데, 다행히 두 사람 다 경증이어서 함께 병원으로 가기로 했다. 환자들을 먼저 구급차 내부로 안내하고 나는 구급차 문 닫히는 곳에 손을 받치고 지령단말기인 AVL을 집고 있었다. 그런데 그 순간 구급차 슬라이드 문이 쾅 닫히면서 손이 문에 끼어버렸다. 먼저 탑승해 앉아 있던 환자가 내가 탈 줄 모르고 안에서 문을 닫아버린 것이다.

손은 얼얼하고 저리고, 머리는 멍… 그래도 환자 이송은 마쳐야 하니 병원까지 참고 갈 수밖에. 어쩌면 그들보다 내가 더 아플지도 모른다는 생각이 들었다. 아픈 손을 참아가며 가까스로 병원에 도착했다. 그런데 환자에게 먼저 접수가 필요하다고 안내하니, 접수비가 비싸다며 병원 진료를 보지 않겠다고 했다.

'이럴 거면 처음부터 구급차를 이용하지 마시든지, 아니면 문을 닫지를 마시든지요…' 짜증이 복받쳐 올랐다. 하지만 이성을 찾아야 한다! 그에게 추후 이상이 있으면 119에 신고하고, 꼭 동네 병원이라도 가보시라

고 이야기한 뒤 센터로 돌아와 동료에게 응급처치를
받았다. 다음 날 퇴근해 엑스레이를 찍어보니 다행히
골절은 없었다.

꼭 현장에서만 사고가 일어나는 것은 아니다. 대기
실에서 쉬고 있다가 출동 벨 소리를 듣고 급하게 내려
오다가 넘어져 사고가 나기도 하고, 체력 단련을 하다
가 다치는 경우도 있다. 더러는 모의 훈련을 하다가 몸
이 상하기도 한다.


하지만 제일 괴롭고 마음 아리는 순간은, 같은 소방
관의 순직 소식을 접할 때다. 뉴스나 인터넷 메인 기사
에서 큰 화재 소식이나 다수의 사상자가 발생한 재난
소식을 접하면 제일 먼저 인명 피해가 없기를, 두 번째
는 현장에서 일하는 소방관들이 안전하기를 빈다. 혹
시나 그 현장에서 소방관의 실종이나 사고 소식을 접
하면, 비록 일면식 없는 분들이라도 가까운 사람에게
일어난 일처럼 그저 안타깝기만 하다. 만약 순직한 분
이 조금이라도 일면이 있는 사람이라면, 온종일 충격
에 휩싸인다. 여느 날처럼 평범하게 일을 하며 지내는

것 같아 보여도 머릿속은 온통 그 생각뿐이다. 같은 소방관으로서 그가 당시 느꼈을 고통과 괴로움, 두려움이 느껴지기도 한다. 시간을 되돌릴 초능력이 내게 있다면, 미리 그에게 위험을 알리고 현장에 들어가지 말라고 말리고 싶다. 말로 형용할 수 없는 수만 가지 아쉬움이 머릿속에 맴돈다.

최근 5년 사이 2,500명 이상의 소방공무원이 공무 중 다치거나 사망했다는 통계가 있다. 이는 매년 평균 500명 이상에 달하는 숫자로, 순직과 공상을 인정받지 못한 경우까지 포함하면 그 수는 훨씬 더 많다고 한다. 당장 포털사이트에 '구급대원'만 검색해봐도 '구급대원 폭행', '매 맞는 구급대원', '솜방망이 처벌' 등의 단어를 심심찮게 볼 수 있다. 다양한 위험이 도사리고 있는 현장에서 몸으로 부딪혀 일해야 하기에 언제나 아찔한 순간을 안고 산다.

순직 사고가 발생하면 소방공무원 모두는 일정 기간 그분을 추모하는 뜻을 담아 근조 리본을 소방복에 달고 생활한다. 살아 있는 우리가 할 수 있는 건 이렇게라도 숭고한 희생을 기억하는 일밖에 없다. 이 자리를 빌려 국민의 한 사람으로, 소방 업무 중 순직하신 분들과 그 가족분들께 깊은 조의를 보낸다.

하지만 나는 더 이상은 근조 리본을 가슴에 달 일이 생기지 않기를 소망한다. 위험을 무릅쓰는 게 소방관의 숙명이라 해도, 모든 소방공무원이 안전하고 건강하게 일할 수 있기를 바란다.

전국의 소방관 여러분.
우리 꼭, 건강하게, 정년퇴직 하기로 해요.

내가 단단해야 누군가도 돕습니다

# 나는 키 작은
# 소방관입니다

다시 태어난다면 키가 170센티미터는 넘었으면 좋겠다.

내 키는 대한민국 여성의 평균 신장보다 작아 160센티미터가 채 되지 않는다. 어릴 때는 내가 작다는 걸 인식하질 못했다. 내 친구들도 다 작았고, 가족들도 작은 편이어서 어색함이나 불편함이 전혀 없었다. 사실 지금도 내 키로 살아가는 데 큰 어려움은 없다고 생각한다. 하지만 키도 스펙이 되는 이 분야에서 소방관으로 일하는 데는 불편한 점이 많다.

처음 입사하니 대형면허가 필요하다고 했다. 당시
나는 소방공무원 시험 응시자격 기준인 1종 보통면허
시험만 간신히 합격하고 운전 경험은 전혀 없는 상태
였으나, 신입 직원의 패기와 열정으로 버스를 운전해
보리라 마음먹고 대형면허 운전학원에 등록했다. 하지
만 일반 승용차도 운전해 보지 않아 감이라고는 개미
발바닥만큼도 없었을 뿐더러 짧은 신체 구조 탓에 의
자에 앉아도 브레이크와 액셀을 제대로 밟을 수도 없
었다. 연습 내내 단 한 번도 합격점수에 들지 못했다. 설
상가상으로 시험 때는 과감하게 운전하려다 내리막길
에서 표지판과 버스 문이 부딪혀 10만 원의 차 수리비
를 내고 쓸쓸히 돌아와야 했다. 그렇게 내 소중한 수험
료가 허무하게 공중분해 되었다.

일 년 뒤 나는 다시 도전했다. 두 번째 지불하는 80만
원가량의 학원비로 가슴이 쓰렸지만, 그동안 중고차를
구입해 출퇴근한 덕택에 운전에 어느 정도 자신이 붙
은 상태였다. 하지만 여전히 발은 브레이크와 액셀에

147

닿지 않았고, 핸들은 거의 내 몸통만 했다. 다행히도 일 년 전 차문을 부숴 10만 원을 내고 떠난 학생임을 기억하고 있는 운전학원 선생님이 나를 특별히 챙겨주셨다. 볼 때마다 등 뒤에 쿠션을 여러 개 대주며, 이런저런 노하우를 알려주셨다. 그 덕분에 시험 때 거의 좌석 끝에 걸터앉아서 내 몸만 한 핸들을 좌우로 돌려가며 당당히 100점으로 합격했다.

동료들이 이 경험담을 들을 때면 웃으며 장난스레 놀리지만, 남들보다 두 배 많은 시간과 노력을 들여 따낸 자격증이기에 나에게는 아주 의미가 크다. 이 직업을 갖지 않았더라면 대형면허를 따겠다는 도전조차 하지 않았을 거다. 내 도전과 노력의 증표인 대형면허를 볼 때마다 뿌듯함이 드는 건 아마도 그래서일 거다.


키가 작아서 일을 할 때 불편한 건 이뿐만이 아니었다. 화재 진압을 마치면 소방호스를 접어서 차에 싣고 센터로 돌아와 젖은 소방호스를 말리고 정리해야 한다. 화재의 규모가 좀 크거나 여러 곳에서 화재가 발생할 때는 여러 본의 소방호스를 뽑아 사용한다. 한번은 화재 현장을 뒷정리하고 있을 때였다. 최초 신고자가 초기 진화를 한 터라 우리는 현장 확인을 하고 잔화 정리만 하면 되는 상황이었다. 현장은 금방 정리되었고, 이제 호스를 접는 일만 남았다.

주위를 둘러보니 한쪽에서 키가 큰 여자 구급대원이 어깨에 호스를 척! 척! 메며 빠르게 정리하고 있었다. 나도 어서 정리를 마쳐야겠다는 생각에 그녀처럼 호스를 어깨에 척! 척! 멨다. 그런데! 호스는 어깨에 제대로 안착하지 못하고 바닥에 질질 끌렸고 이내 헝클어져버렸다. 아, 나는 호스 정리도 못하는 인간인가! 자괴감을 느끼며 그 대원을 부럽게 쳐다볼 수밖에 없었다.


내 방화복은 두 번째로 작은 사이즈다. 평소에 신발은 230을 신지만, 제일 작은 사이즈의 안전화가 240이라 그걸 신고 현장에 출동한다. 다른 직원들과 함께 방화복을 입고 있을 때면 꼭 그 사이에 낀 레고 같다는 생각이 든다.

시험에 합격해 처음 소방학교에서 교육받을 때는 임시로 방화복을 받았다. 일단 이 방화복을 입고 교육

내가 단단해야 누군가도 돕습니다

받다가 졸업하면, 발령이 난 센터에서 곧 새 방화복을 지급할 예정이라고 했다. 그 말을 찰떡같이 믿고 아무 옷이나 무작정 집어 들었는데, 상자를 열고 보니 굉장히 큰 사이즈였다. 하필 키 180의 성인 남자가 입어도 될 만큼 너무 넉넉한 사이즈를 고른 것. 그런데 발령받고 나서 곧바로 새 방화복이 지급되지 않았다. 설상가상으로 화재출동 벨이 울렸고, 어쩔 수 없이 엄청나게 큰 방화복을 입을 수밖에 없었다. 이런 내 모습이 참 우스꽝스러워 보였다.

얼마 뒤 내게 꼭 맞는 방화복을 받았는데, 입어보니 오히려 큰 방화복이 훨씬 더 편했다. 옷을 입고 벗거나 관절을 구부리고 활동하기에도 훨씬 더 좋았다. 새 방화복을 받으면 기존의 방화복은 반납을 해야 한다. 처음엔 몸에 맞는 새 옷을 받아서 기분이 좋았는데, 큰 방화복이 더 편했다는 생각이 들고 난 뒤부터는 조금 아쉽기도 했다.


인사 발령 시기에, 내가 근무하는 센터에서 일하게 될 직원이 인사를 할 겸 센터를 방문했다. 일반 회사를 다니다 이번에 소방에 들어왔다고 자신을 소개한 그는, 첫인상부터 강렬했다. 들어오는 현관문의 끝에 머리가 닿을 듯 말 듯 했는데, 조금 과장을 보태서 내 몸의 세 배는 되어 보였다. 그 직원이 떠나고 난 뒤 센터의 직원들은 하나같이 입을 모아 기대 섞인 칭찬의 말을 늘어놓았다. "덩치 좋다", "와~ 불 잘 끄겠다!"

수영 선수에게 넓은 어깨와 긴 팔다리, 야구 선수에게 두꺼운 허벅지가 스펙인 것처럼, 소방대원에게는 큰 키와 건장한 체격도 스펙이다. 하지만 각 분야에서 필수라 여겨지는 신체 조건이 다소 부족해도 뛰어난 성과를 내는 사람들이 있다. 박지성 선수는 평발이지만 세계적인 축구 선수가 되었고, 박태환 선수도 외국 선수들에 비해서 큰 키는 아니지만 올림픽에서 금메달을 따기도 했다.

물론 소방관의 키와 덩치가 좋으면 유리한 점이 많다. 하지만 키와 덩치가 다는 아니다. 이와 더불어 소방관에게는 강인한 정신력과 사명감도 필요하다. 소방관 혼자서는 재난 현장에서 사람을 구하고, 화재를 진압

내가 단단해야 누군가도 돕습니다

하고, 응급처치를 할 수 없다. 모두가 힘을 합쳐 시너지를 내야만 이 모든 게 가능하다.

그래서 나도 작은 키로 기죽기보다는 그런 나를 받아들이고 내가 할 수 있는 걸 선택해 집중하기로 했다. 신체 조건을 보완하기 위해 체력 단련을 게을리하지 않아야겠지만, 내가 잘할 수 있는 것에 시간과 노력을 쏟는다면 더 큰 효과를 낼 수 있을 거다.

화재 현장에서 나 혼자 소방호스를 끌고 화점을 향해 들어가는 것, 굳게 닫힌 화염을 뿜는 문을 도끼로 부수는 것은 어렵다. 대신 지휘관에게 화재 현장을 정확하고 신속하게 보고할 수는 있다. 소방 현장에서 필요한 능력이 백 가지라면 이 백 가지를 모두 다 하려고 노력하기보다 내가 잘할 수 있는 걸 더 잘하면 된다. 하루 한 개씩만 발전시켜 나간다면 십 년 뒤, 이십 년 뒤의 내 모습은 지금과는 많이 달라져 있겠지!

## 자동심장충격기 사용법, 알고 있나요?

지하철이나 아파트 단지를 지나다 보면 AED라고 표시된 자동심장충격기를 심심치 않게 볼 수 있다. 기계치라서 사용하기가 겁난다는 사람도 있는데, 자동심장충격기만큼 조작하기 쉬운 것도 없다. 전원을 켜고 안내 음성에 따르기만 하면 끝!

이때 중요한 것은 전기충격을 가하는 쇼크 버튼을 누르고 나서 지체 없이 가슴압박을 해야 한다는 점이다. 가슴압박을 하지 않는 시간이 10초가 넘지 않도록 주의하자. 대부분의 자동심장충격기는 가슴압박 속도를 음성으로 안내하니, 그 속도에 맞춰 실시하면 된다.

1. 자동심장충격기의 전원을 켠다.

2. 환자의 상의를 벗긴 뒤 안내 음성에 따라 패드를 환
자의 가슴에 붙이고 커넥터를 연결한다.

3. 심장 리듬을 분석하니 환자에게 손을 떼라는 안내 음
성이 나오면, "모두 물러나세요"라고 외치며 환자로
부터 물러난다(전기충격이 필요하지 않는 경우라면, 지속
적으로 가슴압박을 하라는 안내 음성이 나온다).

4. 심장충격 필요라는 안내 음성이 나오면 물러서서 쇼
크 버튼을 누른다.

5. 심장충격을 시행하고 나서 곧바로 가슴압박을 실시
한다.

6. 자동심장충격기는 2분 간격으로 심전도를 자동으로
재분석한다. 그 사이에 계속 가슴압박을 실시한다.

## PART 4

함께여서

오늘도 행복합니다

# 소방관은
# 이중생활 중

나는 집이 두 개다. 센터와 진짜 내 집. 한 달의 절반은 센터에서, 나머지 절반은 집에서 보낸다. 집에서는 잠을 자는 시간도 많으니 깨어 있는 시간으로만 따지면 진짜 내가 생활하고 숙식하는 집은 센터라 할 수 있다. 나는 혼자 있는 걸 좋아하지만 가끔씩은 외로움을 느껴서 직장에서 숙식하는 생활이 때때로 큰 활력이 된다.

소방관에게는 명절이나 공휴일 같은 빨간 날이 큰

의미가 없다. 빨간 날에 일하면 휴일수당이 더 들어오는 것 말고는 똑같이 근무해야 하기 때문이다. 명절에도 변함없이 교대근무를 하며, 연휴가 길어도 똑같이 출근한다. 그 대신 일반 직장인들이 출근하고 일하는 시간에 퇴근하고 쉴 수 있다는 장점이 있다.

명절 연휴에는 체력 단련과 훈련의 명목으로 우리끼리 게임을 하기도 한다. 소방관들은 대개 운동을 좋아하고 활발한 성격이라 심심하면 로프를 설치해 암벽등반을 하거나 소방호스 굴리기를 한다. 또 화살 맞추기 게임으로 야식비 내기를 할 때도 있다. 육상 선수 출신이었던 한 선배와는 야간근무 하는 날마다 소방서 주변을 달리곤 했는데, 체력이 좋아지는 게 순간순간 느껴질 정도였다.

평소 활동량이 많은 소방관들이다 보니 야식도 정말 자주 먹고, 메뉴도 다양하다. 주말에는 김밥을 만들거나 만두를 빚기도 한다. 다 같이 모여 밀가루 반죽을 굴리고, 일일이 손으로 만두를 만들어 먹다 보면 어느새 끈끈한 유대감을 느낀다. 한국인의 사랑, 삼겹살을 사다가 굽는 것 또한 빠질 수 없다.

　매일 밤 같이 밥을 먹고 동거동락同居同樂 하는 직업이 소방관 말고 또 있을까. 식구란 1) 한집에서 함께 살면서 끼니를 같이하는 사람 2) 한 조직에 속해 함께 일하는 사람을 비유적으로 이른다는데, 센터 직원들은 이 두 가지 뜻을 모두 만족시키는 것 같다. 타지에 있는 내 가족들보다 더 많은 시간을 그들과 보낸다.


　하지만 이렇게 센터에서 숙식하는 생활이 좋은 점만 있는 건 아니다. 소방은 계급사회라 준군사적인 체계를 갖추고 있다. 군인들이 국가를 지키고, 전쟁을 대비하기 위해 존재하는 것처럼, 소방관들도 국민을 지키며 재난 상황을 예방하고, 대비하기 위해 존재한다. 군대처럼 다나까식의 말투를 쓰지는 않지만 엄연히 계급이 존재한다. 그래서 친밀하게 지내면서도 선을 지킬 줄 알아야 한다. 피가 섞인 가족도 원수가 되는데, 피 한 방울 섞이지 않은 우리는 단지 같은 직업을 가지고 모인 것이기에 더 조심해야 한다. 그래야 평화로운 두 집 살림을 할 수가 있다.

이렇게 복닥복닥한 센터 생활 속에서 가장 가슴이 콩닥거리는 시기가 있는데, 바로 인사 발령 때가 그렇다. 소방공무원의 인사는 효율적인 인력관리를 위해 정기인사와 수시인사를 실시하고 있다. 정기인사는 연 2회 실시하며, 인사 고충을 해소하고 원활한 인사 운영을 위해 연고지 배치 인사 교류와 통합해 운영할 수 있다. 수시인사는 필요하다고 인정하는 경우에 한해 제한적으로 실시한다.

　소방서를 옮겼거나 신규 발령으로 온 거라면 보통 일 년은 한곳에 머무르고, 전보가 해제되거나 승진을 하면 인사이동으로 다른 소방서나 센터로 발령된다. 정기인사가 있는 1월과 7월을 앞둔 일이 주 전에는 인사에 관한 무성한 소문으로 분위기가 뒤숭숭할 정도다. 만약 집과 먼 곳에 발령되거나 전혀 생각지 못한 곳에서 일을 하게 되면 출퇴근 거리뿐만 아니라 생활 반경을 바꿔야 하기에 모두 인사 발령에 촉각을 세울 수밖에 없다.

　인사 발령이 난 뒤 1월과 7월은 유독 큰일이 많이 일

함께여서 오늘도 행복합니다

어나는 느낌이 든다. 어쩌면 낯선 장소에서 새로 만난 사람들과 호흡을 맞추려다 보니 평소엔 별거 아닌 사건, 사고가 크게 느껴지는 건지도 모르겠다.

나도 처음 센터를 옮기게 되었을 때, 출근 전날 잠을 제대로 이루지 못했다. 아니, 인사 대상자가 된 순간부터 하루하루가 굉장히 길게 느껴졌다. 매일 인사 발령이 올라오는 사이트에 접속해 계속 새로고침 키만 눌러댔다. 새로운 사람들, 새로운 장소에서 다시 적응해야 한다고 생각하니 막막하기만 했다. 나의 거취가 짧게는 일 년, 길면 이 년 안에 바뀌고 새로운 환경에 적응해야 하는 이 생활을 정년퇴직 할 때까지 어떻게 견뎌야 하나 하는 생각도 들었다. 사람은 적응의 동물이라고 하는데 소방관은 정말로 '적응의 신'이 되어야 한다.

참 아이러니하게도, 같은 일 년이어도 좋은 사람들과 함께할 때는 마치 한 달이 지난 것처럼 짧게 느껴져 인사 발령일이 늦춰졌으면 하고 바라는데, 일분일초도 보고 싶지 않은 사람과 함께할 때는 시간이 왜 이렇게 평소보다 늦게 가나, 하는 생각뿐이다. 그런 사람이 동료일 때는 출근길이 지옥으로 가는 길처럼 느껴진다. 항상 모든 것이 잘 맞고 완벽한 사람과 근무하는 일은 로또에 당첨되는 것만큼 어려운 일이겠지.

그래도 안심되는 건 내 주변에는 좋은 사람들의 비율이 더 많다는 점이다. 그리고 그 좋은 사람들이 왜 내 주변에 없나, 절망하고 푸념하기보다는 나부터 조직과 센터에 필요한 사람, 능력 있는 사람, 좋은 사람이 되어야겠다고 다짐한다.

언제나 시작이 아니라 끝이 좋은 인연이길 바란다. 사무실에서 같은 센터에서 만난 직원도, 현장에서 만난 환자도, 어떤 상황에서 누구를 만나든, 모든 사람과 끝이 좋은 인연으로 마무리되길 빌어본다.

함께여서 오늘도 행복합니다

## 라떼와
## 미래의 만남

"라떼는 말이야~ 1인 구급이 다반사였어. 예산이 없어서 우비 같은 비닐 옷 입고 화재 진압하고, 그마저도 없어서 선배 옷을 물려받아야 할 때도 수두룩했지….''

이삼십 년 동안 소방관으로 일해오신 까마득한 선배 소방관의 '라떼~' 얘기를 듣고 있으면 몇 번씩이나 입이 다물어지지 않는다. 정말 이게 가능했다고?!

걱정하는 분이 있을 거 같아 참고로 말하면, 현재 구급대는 3인 구급대가 일반적이고, 소방학교에 입교하면 방화복이든 소방활동복이든 모두 지급된다. 한참 뉴스거리였던 방화 장갑이 없어 목장갑을 사비로 구입한다는 것도 이젠 옛말이다. 한 사람당 기본으로 두 개씩은 지급되고, 일 년에 최소 두 번 정도는 가지고 있는 수량을 파악해 연수가 지난 것은 교체해 주기도 한다.

그러나 '응급구조사'라는 개념이 없었을 때, 응급처치의 중요성이나 병원 전 단계에 대한 개념이 정립되지 않을 때의 구급대는 정말 상상을 초월한다. 1인 구급을 했는데, 환자를 환자 탑승석에 태우고 병원에 도착해 보니 심정지 상태였다는 선배 소방관의 경험담은, 지금은 가히 상상할 수도 없는 일이다. 국민들의 지식 수준은 물론 기대 수준도 높아졌기에 지금 그렇게 했다가는 소방서가 발칵 뒤집히고 말 것이다.

근무교대 형식도 예전에는 당비당비 근무 체제였다고 한다. 월요일 아침 9시부터 화요일 아침 9시까지 일하고 화요일에 쉬고, 수요일 아침 9시부터 다시 목요일 아침 9시까지 일하는 것이다. 월, 수, 금, 일요일에 일을 한다고 하면 일주일에 96시간을 일하는 것이다. 요즘

말하는 워라밸은 상상할 수도 없다. 그야말로 강한 자만이 살아남는 격동의 시대다! 선배들의 얘기를 진지하게 듣다 보니 돌연 숙연해졌다. 신규 직원이 힘들다고 푸념을 늘어놓을 때마다 지금 고생은 고생도 아니라는 그 말씀이, 어느 정도 이해가 됐다.

국민들의 신뢰와 응원을 바탕으로 우리 소방은 지금까지 많은 발전을 이루어왔다. 2020년 4월부터 소속이 국가직으로 전환되었으며, 지역별 안전 격차를 해소하고, 좀 더 효율적으로 국민들에게 나은 서비스를 제공하기 위해 노력을 계속하고 있다. 비단 소방 조직뿐 아니라 사회 전반으로 대대적인 변화가 일어나고 있는데, 코로나19는 이 변화의 속도를 더 빠르게 만들었다. 많은 사람이 4차 산업혁명 시대를 말하며, 인간의 직업을 대체하는 로봇 이야기가 미디어를 도배하고 있다. 의학계에서는 3D프린터로 인공장기를 만들어 필요한 환자에게 이식이 가능할 정도로 기술이 급격히 발전하고 있다.

때마침 위험한 현장에 투입되어 소방관처럼 현장 업무를 하는 로봇이 개발되었다는 반가운 소식을 들었다. 지금도 태블릿을 이용해 119상황실로부터 지령서를 접수받고, 심정지 환자일 경우에는 원거리의 의사와 영상통화를 통해 의료지도를 받는다. 또 기존의 3유도 심전도에서 12유도 심전도로 더 다양한 각도에서 환자의 심장을 촬영해 곧바로 병원에 전송하고, 환자의 상태를 파악해 적절한 처치를 미리 준비하는 것도 가능해졌다. 사회의 변화 속도가 가속화되는 만큼 소방 조직의 발전도 더 좋은 방향으로 신속하게 진행될 것이다.

　혹시 누가 알까. 나도 이십 년쯤 뒤에는 갓 들어온 후배에게 '라떼는~'을 시전하고 있을지. 어쩜 그 시기가 더 빨라질 수도 있겠다. 십 년만 지나도 어마어마하게 변해 있을지 모르니 말이다.


　여기서 잠깐, 구급대원으로 활동을 하면서 이렇게 되면 얼마나 좋을까 하고 생각했던 아이디어를 꺼내볼까. 너무나 유토피아적이고 비현실적이어서 다른 사람

함께여서 오늘도 행복합니다

에게는 말 못한 생각이 있다. 바로, 환자의 인적 사항과 복용하고 있는 약이나 수술 이력 정보를 담은 칩이 그것이다. 이런 칩이 있다면, 의식이 없거나 대화가 불가능한 응급환자의 인적 사항, 복용하고 있는 약의 유무와 종류, 기타 병력과 수술 여부를 신속히 파악할 수 있을 것이다. 그러면 더 빠르고 정확하게 적합한 처치를 할 수 있다.

지금도 안심케어서비스에 등록되어 있는 사람이 119에 신고를 하면, 구급대원이 지령서를 통해 그가 미리 등록해 놓은 정보를 볼 수 있어 현장에 도착하기 전 다른 환자에 비해 빠르게 여러 사항을 파악할 수 있다. 물론 개인정보 보호 문제처럼 여러 가지 걸림돌 때문에 실행하기 쉽지 않을 수도 있다. 그러나 눈부시게 빠른 기술의 변화를 목도하고 있는 지금, 언젠가는 내 상상도 현실이 되지 않을까.

그러던 어느 날, 우연히 한 기사를 통해 내 상상과 비슷한 일이 구현되고 있는 나라를 알게 되었다. 바로 핀란드였다. 핀란드에서는 '마이데이터'라는 사이트를 통해 한 개인이 지금까지 앓았던 질병이나 복용했던 약 등 모든 의료정보를 확인할 수 있다고 한다.

진단명이 어렵거나 나이가 있으신 분들은 병명이 제대로 기억나지 않을 수 있는데, 그것 또한 위 사이트에서 확인이 가능하다고 한다. 또 원격화상 의료상담 서비스를 운영해 병원과의 접근성이 좋지 않거나 거동이 어려운 노인에게 건강관리 서비스를 제공한다고 한다. 상담원은 온라인에 등록되어 있는 정보를 바탕으로 의료상담을 진행한다. 그리고 이러한 상담 내용은 다시 그의 온라인 의료정보에 기록되어 다른 의료기관에서도 참고할 수 있다고 한다. 이것이 가능한 이유는 정부 차원에서 관리하는 '의료정보시스템'이 있기 때문이다. 정부에서 모든 국민의 진료기록을 수집해 의료 빅데이터를 구축한 것이다.

핀란드는 내가 상상했던 일을 이미 1950년대부터 하고 있었다. 내 머릿속을 그대로 그려놓은 거 같아 정말 깜짝 놀랐고, 불가능한 일이 아닌 것임에 안도했다. 물론 정부 차원의 노력과 우리 국민 모두의 참여가 필요한 일이지만 뭐든지 시나브로 해나간다면, 언젠가는 우리나라에도 정착될 수 있지 않을까. 더 나은 의료 체계로 우리 모두가 더 행복하고 건강한 노후를 맞이할 수 있었으면 좋겠다.

소방 분야는 과거 화재만 진압하던 업무에서 사람을 구하는 구조, 그리고 아픈 환자를 처치하고 이송하는 구급으로 점차 범위가 넓어졌다. 그리고 최근에는 재난대응 교육, 생활안전 출동 등 점점 더 많은 영역에서 역할이 주어지고 있다.

시대가 변하면서 기술의 발전을 통한 서비스 증대도 필요하지만, 국민 생활 곳곳에 도움을 줄 수 있는 소방관 스스로의 발전도 중요하다. 기술이 발전해도 위급한 상황에서 사람들의 머릿속에 가장 먼저 떠오르는 건, '119'라는 아날로그 숫자와 '소방관'이라는 사람일 테니까.

구급대원으로
산다는 건




"오늘 점심 중국집에서 시킬 건데, 반장님 뭐 드실
거예요?"
"볶음밥이요~."

119안전센터에는 식사를 준비해 주시는 실장님이
계시지만 보통 주말에는 일하시지 않아서 24시간 근무
를 하는 주말에는 배달 음식을 먹곤 한다. 이때 내 메뉴
는 무조건 볶음밥이다. 다른 걸 먹어보고 싶을 때도 있
지만, 그래도 굳건히 "볶음밥"을 고수한다. 짜장면이나

짬뽕을 시켰는데 도중에 한 번이라도 출동에 걸리면 손가락만큼 불어 있는 면이 기다리고 있기 때문이다.

정말 출동이 많은 날에는 밥 한번 제대로 먹을 수 없다. 배달 음식이 도착해 포장지를 벗겨내고 있는데 출동 벨이 울리는 건 흔한 일이다. 일을 마치고 센터로 돌아와 다시 먹으려고 숟가락을 드는데 또 출동이 생기고, 그 출동을 마무리하고 센터로 돌아가던 도중 119상황실로부터 출동이 있다는 전화를 받은 적도 있다. 밥을 먹다가 중간에 출동을 다녀오면 밥맛도 입맛도 사라져버린다.

가끔씩은 팀원을 절반으로 나누어 교대로 식당에 가서 밥을 먹기도 하는데, 이때는 상황실이나 센터의 연락을 받을 수 있게 휴대폰과 무전기를 꼭 들고 간다. 언제 출동하라는 명령이 떨어질지 모르니 최대한 빨리 음식을 흡입한다. 그런데 도무지 남자 직원들의 속도를 따라잡을 수 없다. 내가 밥을 몇 숟갈 뜨기도 전에 다 비운 자기 밥그릇을 들고 일어나는 직원도 있다. 나도 친구들과 식사를 할 때면 천천히 먹으라는 소리를 듣는 편인데, 비교가 안 된다. 그 속도에 맞춰 먹으려다가 체한 적이 한두 번이 아니다. 그래도 구급대원으로 일하려면 이 생활에 익숙해질 수밖에 없다. 또 많이 먹으면 활동할 때 속이 부대껴서 출근해서는 평소보다도 더 적게 먹게 된다. 업무 중에는 식사량이 많지 않은 데다 밥때를 놓치는 경우가 다반사이니 늘 배가 고프다.

구급대원은 주 업무가 출동이라 낮이든 밤이든, 날씨가 춥든 덥든 사무실보다는 밖에서 활동하는 일이 많다. 출동 건수가 많은 센터에서 일을 할 때는 업무 시간의 거의 80퍼센트 이상을 밖에서 보내기도 한다. 특히 중증외상이나 심정지와 같은 초응급환자를 처치하고 병원에 이송하고 나면 진이 빠진다. 더운 여름에 산을 타거나 심정지 환자에게 가슴압박을 반복하다 보면 체력이 많이 소모되는데, 특히나 이번 여름은 코로나19로 감염보호복까지 입어야 해서 힘듦이 배가 되었다.

이럴 땐 "한잔하고 들어갈까?"라고 말하는 선배의 말이 그렇게 반가울 수가 없다. 비록 센터로 돌아가기 전 근처 편의점에서 마시는 음료수 한잔이지만 평소

먹는 그 맛과는 전혀 다르다. 이 시간은 업무 시간 중 달콤한 휴식 시간이자, 방금 이송한 환자에 대한 피드백을 받을 수 있는 시간이기도 하다.

언제 출동 벨이 울릴지 모르는 예측 불가능한 상황에서 일하다 보니, 신입 시절에는 생리 현상을 보는 것도 무서웠다. 나는 대학에 입학하기 전까지는, 금방이라도 나올 것 같은 위급한 상황이 아닌 이상은 집 아닌 다른 곳에서 절대 변을 보지 않았다. 그리고 이렇게 참는 게 습관이 되다 보니 늘 변비를 달고 살았다.

센터에서도 신호가 오면 늘 불안불안한 마음으로 일을 보았다. 마음이 불편하니 더 부드럽게 나오질 않았고, 그렇다 보니 화장실에 있는 동안 벨이 울리면 어떻게 해야 할지 시뮬레이션 하는 게 일상이 되었다. 일단 먼저 뒤처리를 하고, 옷을~~ 이러면서 말이다.

한번은 배가 아프다는 신고를 받고 출동을 했는데, 출동 도중에 나도 배탈이 나고 말았다. 차마 티를 내지는 못하고, 최대한 멀쩡한 척 '가장 최근에 드신 음식은 무엇인지', '복부 어느 부위에 통증이 있는지' 등을 묻고는 환자의 기본적인 활력징후를 측정하며 병원으로 이송했다. 내가 환자보다 더 급한 상황인 것 같았으나, 평정심을 유지해야 하는 직업이기에 괄약근의 힘을 믿는 수밖에 없었다.

이런 상황은 비단 나뿐 아니라 대부분의 소방관이 겪는 고충이기도 하다. 호텔에 환자가 발생해 출동했는데, 급박한 장 신호가 와서 다른 구급대원이 환자를 먼저 만나러 간 사이, 호텔 1층 로비 화장실에서 급한 불을 껐다는 구급차 기관원도 있고, 금방이라도 나올 것 같은 상황이라 출동한 환자의 집 화장실을 이용한 구급대원도 있다.

같은 팀에서 활동하거나 함께 방을 쓰는 여자 소방관의 경우, 신기하게도 생리 날짜가 거의 비슷해지기도 한다. 또 화재 현장에서 오래 있어야 하거나 출동으로 몇 시간 동안 밖에서 있어야 하는 날이면 생리대를 갈지 못해 애를 먹기도 한다. 이럴 때는 몸이 아는 건지 신기하게도 그렇게 많은 양이 나오지는 않지만, 생리 중에 교대근무로 센터에서 밤을 지새워야 할 때면 유

함께여서 오늘도 행복합니다

독 지친다.

그래서 문득문득 드는 생각은 '언제까지 이 일을 할
수 있을까'다. 사십 대가 되면, 오십 대가 되어서까지
이 일을 계속 할 수 있을까.

수많은 고민 끝에 내린 결론은, 지금 할 수 있을 때
즐기자는 거다.
내가 또 언제 이렇게 다른 사람들과 오랜 시간 함께
밤을 지새우며 일을 할 수 있을까.
내가 또 언제 가족이 아닌 다른 사람들과 같이 방을
써볼까.
내가 또 언제 구급차를 타볼까.
내가 또 언제 소방관 활동복을 입고 환자로 만난 타
인에게 질문하고 처치를 할 수 있을까.

이 일을 하는 동안은 그냥 지금의 상황을, 일을 할 수
있음을 즐기기로 했다. 그리고 구급대원으로 일할 수
있음에 감사함을 느낀다. 우리를 믿고 119구급차를 이

용한 모든 사람에게 좋은 결과가 있기를 바라며, 또 출
동 벨 소리가 울리기 전에 화장실에나 한 번 더 다녀와
야겠다.

함께여서 오늘도 행복합니다

# 소통의 시대를
# 살고 있나요?


아내가 자해하려 한다는 신고를 받았다. 현장에 도착하니 이미 경찰이 출동해 흉기나 여타 위험한 것들은 모두 제거해 놓은 상황이었다. 남편은 거실에 있었고, 경찰관 한 명이 아내와 방에서 이야기 중이었다. 경력이 꽤 되어 보이는 경찰관의 원활한 소통 덕분에 아내는 진정되는 것 같았다. 하지만 이내 곧 머리를 바닥에 박고 가슴을 강하게 치며 자신의 몸을 해하려 했다.

지난번보다 살이 많이 빠져 보인다, 건강도 안 좋아진 것 같다는 경찰관의 말을 들으니 이번이 처음이 아닌 것 같았다. 괜히 끼어들었다가 간신히 진정된 그녀를 흥분시킬까 봐 옆에서 잠자코 들어보니 마음에 한이 많은 것 같았다. 부모님이 아프시고, 인생에 힘든 일도 많았는데, 시댁 식구들까지 못살게 굴었나 보다. 아마도 화병인 것 같았다.

정신병원에서 치료를 받겠다고 동의한 그녀를 구급차로 이송했다. 구급차에서부터 시작된 그녀의 이야기는 병원에 도착해서 꽤 오랜 시간이 지날 때까지도 끝나지 않았다. 내가 할 수 있는 건 그저 경청하는 것뿐. 같은 여성으로서 그녀의 말에 공감해 주고 '많이 힘들었겠다' 위로하며 따스한 눈빛을 건넸다. 그 뒤로도 한풀이는 한 시간가량이나 계속되었다. 얼마나 말을 하고, 대화를 하고 싶었으면 그랬을까.

우리는 메신저와 SNS를 통해 지구 반대편에 있는 사람들과도 소통하고, 좋아하는 유명인들의 일상도 쉽게 들여다볼 수 있는 시대를 살고 있다. 세계 어디에 있든 음성통화뿐 아니라 영상통화를 넘어 영상회의까지도 할 수 있다. 그런데 가장 가까운 사람과의 소통은 어떨까. 제대로 이루어지고 있는지 의문이 들 때가 많다. 약속을 잡고 만난 사람들이 상대방을 앞에 두고 서로 핸드폰만 들여다보고 있는 모습은 이제 너무나 흔한 일상이 되었다. 우리는 과연 소통이 원활한 시대에 살고 있는 걸까.

#

어느 날 대중목욕탕으로 출동을 했다. 평소에도 대중목욕탕에서는 사우나를 하다 실신을 했다거나 머리가 갑자기 핑 돈다, 얼굴이 하얗다는 신고가 종종 들어온다. 그 목욕탕은 평소에 자주 출동했던 곳인데, 여탕이라 내가 먼저 들어가 환자의 상태를 확인하고, 급한 상황이면 밖의 구급대원에게 협조를 구할 생각이었다.

환자가 있는 곳에 도착해 보니 옷을 다 벗은 채 평상에 앉아 있었다. 환자는 외상이 없었고, 의식과 호흡이 있었으며, 대화도 가능해 육안으로 봤을 때는 분초를 다툴 정도로 초응급 상황은 아니었다. 일단 옷을 입어야 밖으로 나가 구급차에 탑승하고 병원으로 갈 수 있기에, 괜찮으신지 묻고 옷을 먼저 입으셔야겠다고 말했다. 그랬더니 "가만 좀 있어봐! 어휴!"라며 도리어 면박을 주는 게 아닌가.

## 

구급대원은 현장에 출동하면서 신고자와 다시 한번 통화를 한다. 지령서에 기본적인 정보는 담겨 있지만, 환자의 상태와 증상을 다시 확인하고, 정확한 위치도 파악하는 것이다. 그리고 이때 거동이 가능한지 여부도 묻는다. 그러면 보통 신고자는 힘들 것 같다, 가능하다, 라고 대답해 주는데, 어떤 보호자는 "거동이 안 되니까 부르는 거잖아요!!!"라며 내가 무슨 말을 하기 전부터 잔뜩 날이 서 있는 경우가 있다. 상대방이 이렇게 나오면 더 질문하고 싶다는 생각이 사라지고 만다.

소방관도 사람인지라 대화할 때 호의적인 환자에게는 더 신경 쓰고 예의 바르게 하고 싶은 마음이 든다. 내가 만나는 사람들은 몸이든 마음이든 아픈 사람들이기에 다른 사람의 마음을 돌볼 여유가 당연히 없을 거라 생각하지만, 소방관에게도 감정은 있다.

대화에서 가장 중요한 것은 말을 '하는' 것이 아니라, '잘 듣는' 것이라 했다. 또 대화를 하는 양쪽 모두가 합이 맞아야 좋은 대화다. 합이 맞으려면 한쪽만 말해서는 안 되고, 한 사람이 무조건 긍정만 해서도 안 된다. 서로의 이야기를 듣고 상대방의 의견이 어떤 것인지 파악할 줄 알아야 그게 진짜 대화다. 그런데 초등학교에서도 배울 수 있는, 이 기본적인 대화의 원칙을 지키지 않는 사람들이 의외로 너무 많다.

나는 말하는 것을 즐기지도, 좋아하지도 않지만, 이 직업을 가지게 된 뒤로는 매일 환자와 '라포 형성'을 위해 노력한다. 물론 스트레스를 받고 몸이 피곤하면 나도 사람인지라 좋은 대화를 하는 게 쉽지는 않지만, 환자들은 몸도 마음도 약해져 있는 상태라서 말 한마디 한마디를 조심스럽게 하려 한다. 응급처치뿐만 아니라 환자의 안위까지 살피는 게 내 역할이기 때문이다.

그런 의미에서 어느 교통사고 현장에서 마주한 한

장면은 지금까지 잔잔한 울림으로 남아 있다. 차 대 보행자 교통사고가 났다는 신고를 받고 출동했는데, 하필 보행자는 어린아이였다. 소아 환자는 키가 작아 차와 충돌하게 되면 머리나 상체 쪽이 부딪혀 큰 사고로 이어질 수 있다. 그래서 더 긴장이 됐다.

다행히 차가 속도를 많이 낼 수 없는 골목길에서 난 사고였고, 아이가 말도 잘하고 외관상 피가 많이 나는 곳도 없었다. 그래도 교통사고는 사고 직후에 그 증상을 다 알 수 없고 후유증도 많아서, 일단 병원에 가서 검사를 받기로 했다. 아이는 아빠와 함께 구급차에 탔고, 아이 아빠는 곧 아내에게 전화를 걸어 상황을 설명하는 듯했다.

"놀라지 말고 들어요."

부드럽고 침착한 말로 운을 떼는 그의 음성을 들으니 내 마음도 진정이 되는 것 같았다. 크게 놀랄 아내와 또 놀라 있는 아이의 마음을 생각해 이 상황을 차분하게 설명하는 아빠의 모습이 너무나 따뜻하게 느껴졌다.

말에는 사람이나 상황을 바꾸는 힘이 있다. 무심코

함께여서 오늘도 행복합니다

내뱉은 말이 사람을 죽음으로 몰고 갈 수도, 말 한마디로 자살을 생각했던 사람에게 큰 용기를 줄 수도 있다. 아파트 옥상에 자살하겠다고 올라간 한 젊은 남성은, 함께 출동했던 선배의 말에 꽁꽁 언 마음이 녹아 스스로 옥상을 내려오기도 했다. 소통에 가장 기본이 되는 말은 이렇게나 중요하다.

집에서, 직장에서, 학교에서 너와 내가 말로써 서로를 보듬어주고, 몸의 상처뿐 아니라 마음의 상처도 볼 줄 아는 사람들이 많아진다면, 우리의 일도 조금은 줄어들지 않을까.

## 괜찮아요,
## 그래도 할 만합니다

출동 벨 소리가 울리면 내 몸은 자동으로 반응한다. 내가 특별히 위대한 사명감이나 투철한 직업 정신을 지녀서가 아니다. 내 도움이 필요한 사람이 있다는 신호이기에 그저 구급차에 몸을 실을 뿐이다.

근무 시작과 동시에 출동 지령서를 받아 구급차에 탑승하고, 밥 먹는 도중에도 출동 벨이 울리면 뛰쳐나간다. 새벽 내내 밤의 찬 공기를 들이마시며 어슴푸레 떠오르는 해를 보고는 또 구급차에 또 몸을 싣는다. 주말도 예외가 아니라서 주말 오전 9시부터 다음 날 9시

함께여서 오늘도 행복합니다

까지 24시간 근무하는 당직근무 중에 제일 많이 출동한 횟수는 19회였다.

　지역마다 소방서가 있고, 그 소방서는 다시 여러 개의 센터로 나뉜다. 각 소방서와 센터 모두 화재나 구조, 구급 상황이 발생하면 가장 신속하게 현장에 도착해 상황을 파악하고 대응해야 하는 '관할구역'이 존재한다.
　간혹 환자 발생 주변에 가장 가까운 구급대가 출동을 나간 경우에는 그다음으로 가까운 구급대가 출동하고, 그 구급대마저 없다면, 차차선책으로 근거리에 있는 구급대가 투입된다. 어디에서 발생한 환자든, 일하는 동안에는 '다 내 환자다, 내 운명이다' 하고 받아들여야 한다. 그러나 사람의 마음이란 게 출동이 많아 피곤하고 이제 그만 나가고 싶다는 마음이 굴뚝같은데, 다른 관할지역으로 구급 출동 지령이 떨어지면 "근처에 구급대 없어?"라는 말이 목구멍까지, 때로는 목구멍 밖으로 흘러나올 때도 있다.
　거기에 더해 그 환자가 주취자이거나 행려자라면 한숨이 더 새어 나온다. 다른 관할지역으로 출동했을 때 행패를 부리며 마구 욕설을 던지는 주취자를 만나면 '왜 내게 이런 시련이 닥치는 거지, 내가 무슨 잘못이라도 한 걸까'라는 생각마저 든다.

하루에 열 명의 환자를 만나면, 마치 하루에 열 편의 단편 드라마를 본 듯한 느낌이다. 사람마다 사는 방식이나 생각하는 방식이 너무 달라서 한 번 놀라고, 사연 없는 사람은 없다더니 그 말이 진짜라는 사실에 두 번 놀란다. 차가 막히거나 병원과의 이송 거리가 길어 구급차 안에서 환자와 이런저런 이야기를 나눌 때면 그들은 안 해본 고생이 없고, 안 겪어본 일이 없다. 평범하게 사는 것이 가장 어려운 일이라고 하는데, 그 말이 진짜 맞다는 생각도 든다. 어쩌면 내가 지극히 평범하게 살아와서 사람들을 만나면 항상 새롭다는 느낌을 받는 것도 같다.

모처럼 근무가 없는 날이면 나는 집 앞의 공원을 걷곤 한다. 말갛게 얼굴을 내민 태양 아래, 할머니 할아버지와 손녀가 정답게 원반던지기를 한다. 반려견과 함

함께여서 오늘도 행복합니다

께 산책 나온 사람들의 발걸음이 경쾌하다. 참 평화로운 일상이다.

가만히 들여다보면 우리의 일상 자체가 기적이다. 아침에 눈을 뜨는 것, 출근해서 회사에 도착한 것, 무사히 퇴근을 한 것, 숨을 내 마음대로 쉴 수 있다는 것, 사랑하는 사람을 바라보는 것, 아름다운 풍경을 마주한다는 것, 이 모든 게 기적이다. 두 다리로 걸을 수 있고, 내가 원하는 물건을 잡을 수 있고, 좋아하는 음악을 들을 수 있는 이 모든 것이 기적이다. 일상이 기적이다.

한 달에도 수백 명의 환자들을 만나면서 질병이 얼마나 한 사람의 삶을 힘들게 하는지 목격한다. 신장 투석을 받는 환자는 하루건너 한 번씩 온몸의 피를 다 빼내고 다시 여과된 혈액을 넣는 과정을 지속적으로 해야 한다. 한 번 할 때 꽤 시간이 걸리고, 하고 나면 온몸에 기운이 빠져버린다고 한다. 비단 이런 만성질환을 가진 사람뿐만이 아니다. 하루아침에 급성심정지로 가족을 잃은 사람들의 울부짖음을 듣고 나면, 사랑하는 사람이 살아서 숨 쉬고 있다는 것이 얼마나 귀하고 소중한 일인지를 깨닫게 된다. 그래서 이 일을 할수록 내

곁의 사람들이 더 소중하게 느껴진다.

인간은 혼자 살아갈 수 없다는 말은, 정말 진리다. 병원으로 이송하는 구급차 안에서 불안해하는 환자의 손 한번 잡아주었을 뿐인데, 고맙다며 소방서로 전화가 왔다. 특별히 해준 것도 없는 내가 그런 전화를 받으니 기분이 좋은 건 물론이고, 앞으로 만나는 모든 사람에게 더 친절해야겠다는 다짐은 덤이다.

사실 상습적으로 구급차를 택시처럼 이용하는 몇몇의 사람을 제외하고는, 내가 만나는 환자의 대부분은 119구급차를 타는 것이 처음이자 마지막일 가능성이 크다. 인생에서 119구급대원을 만나는 일도 아주 드문 경험이겠지. 나 또한 소방관을 직업으로 삼지 않았다면 구급차를 탈 일이 평생 없었을지도 모른다. 주취자와 행려자의 폭언과 폭행에 시달리고, 구급차에 토해놓은 구토물을 치우고, 똥과 오줌이 다 묻은 환자의 몸을 닦아내 병원으로 옮기고, 위험한 상황에 노출되고, 사망한 지 오래된 분들의 마지막을 보는, 구급대원의 입장에선 고된 일이 반복되는 일상이지만, 시민들은 구급대원을 만나는 그 한 번의 경험으로 우리에 대한 인식이 바뀔 수 있다. 그래서 더 친절해야 하고 사명감을 갖고 일해야 한다. 우리에겐 수백 번째 환자 케이스이지만, 그들에게는 첫 번째이자 마지막 소방관이다.

"괜찮아~ 할 만해!" 부모님이나 친지에게 안부전화를 받을 때면 이 말을 꼭 빠뜨리지 않는다. 할 만하지 않은 날에도 대답은 늘 같다. 힘들다고 징징댄다고 현실이 바뀌는 것도, 맡은 업무의 양이 줄어드는 것도 아니기 때문이다.

하지만 힘듦의 무게만큼이나 보람의 크기도 크다. 다른 사람을 도우면서 돈도 벌고 존경까지 받을 수 있는 직업이라니 이 얼마나 감사한가! 그리고 내게는 나를 배려해 주고, 함께하는 좋은 동료들도 있다.

현장에서 응급 상황에 빠진 사람들을 돕고, 그들의 일상을 조금이라도 지키기 위해 고군분투하는, '주는'에 방점을 찍는 것이 내 일이라 생각했는데, 돌아보니 나 또한 다른 사람들의 도움을 받으며 살아가고 있었다. 코로나19를 최전선에서 막고 있는 의료진, 매일 같은 시간에 버스를 운전해 주시는 기사님, 내게 정신적 안락을 주는 책을 써주시는 작가님 등등 나는 태어나면서부터 지금까지 엄청나게 많은 사람의 보살핌으로 이 자리까지 온 것이다. 그들이 있기에 이 보통의 일상을 누릴 수 있는 것이다. 나는 참 운이 좋은 사람이다. 참 행복한 사람이다.

내게 주어진 것, 내 주변의 사람들, 내가 살아가고 있는 공간… 나를 둘러싸고 있는 이 모든 것에 그저 감사하다.

함께여서 오늘도 행복합니다

# 심란한 날에는
## 청소를 합니다


주역학자인 김승호 작가가 쓴《사는 곳이 운명이다》에는 "사는 곳을 보면 운명이 보인다"라는 말이 나온다. 그는 집이 사람의 몸뿐만 아니라 영혼도 보호하는 곳이며, 집 안의 풀 한 포기, 돌멩이 하나가 큰 작용을 일으킨다고 이야기한다. 그의 책을 읽으면서 현장에 출동했을 때 봤던 여러 집이 떠올랐다.


#

우울증을 앓고 있다는 아내를 살피기 위해 출동한

집. 아내가 불도 켜지 않고 웅크리고 있던 방 안은 책꽂이가 쓰러져 있었고, 바닥에 발 디딜 틈 없이 물건이 많아서 나 혼자 간신히 환자와 접촉할 수밖에 없었다.

## 

아들이 정신질환을 앓고 있다는 신고를 받고 도착한 집. 내부가 굉장히 어지럽고 어수선했다. 문을 가로막고 있는 붉은 커튼이 너무 요란해 보기만 해도 정신이 뺏길 거 같았다. 잠시 동안 머물러 있었을 뿐인데도 무척이나 혼란스러운 느낌이 들었다.

### 

알코올의존증을 앓고 있는 이의 집. 도움이 필요하다며 환자가 직접 신고해 출동했던 그 집은 입구에 박스째로 짐이 가득 쌓여 있었다. 술병으로 빼곡한 집 안은 담배 냄새로 가득했다. 빽빽한 상자들 사이로 겨우 나 있는 오솔길 같은 공간을 지나서 환자에게 도달할 수 있었다.

함께여서 오늘도 행복합니다

구급대원으로 일하다 보면 부득이하게 다른 사람의 집에 들어가야 하는 일이 많이 생긴다. 심정지, 호흡곤란 같은 응급 상황이라면 환자의 증상을 살피고, 내가 해야 할 일에 집중하게 되어 주변의 모습이 눈에 들어오지 않는다. 하지만 정신질환자를 상대하는 현장에서는 다르다. 환자의 이야기를 들으며 공감대를 형성하고 상담하는 등의 과정을 거치면서 자연스럽게 환자의 생활공간이 눈에 들어온다.

특히 저장강박증이라는 정신질환을 앓고 있는 환자의 집은 들어가기 전부터 알 수 없는 온갖 악취로 가득하다. 저장강박증을 앓고 있는 사람은 책, 신문, 옷, 페트병, 깡통, 유통기한이 한참 지난 음식은 물론이고, 심지어 대변까지 못 버리는 사람도 있다. 내가 출동했던 어떤 저장강박증 환자의 집에는 먹다 남은 음식이 썩어 곰팡이가 펴서 도통 원래의 모습을 파악할 수 없었던 경우도 있었다.

저장강박증은 치매, 기질성 뇌손상, 강박증, 조현병, 우울장애 등의 질환에서 발생할 수 있는데, 주변에 이런 분이 있다면 꼭 전문의와 상담을 통해 원인을 파악하고 적절한 치료를 받게 하는 것이 중요하다.

현장에 들어가기 전에 근처에서부터 나는 냄새로 어느 정도는 안의 모습을 예상해 볼 수 있지만, 실제로 보면 경악을 금치 못할 정도의 집도 있다. 어떻게 이런 집에서 사람이 살 수 있을까, 여기서 어떻게 밥을 먹고 잠을 잘 수 있을까. 머릿속이 온통 안타까운 물음으로 가득해진다. 그 공간이 사람을 그렇게 만드는 걸까, 그 사람이 공간을 그렇게 만드는 걸까. 애처로우면서도 한편으론 정신이 확 든다.

그래서 어수선한 집에 출동을 다녀온 날이면, 내 방을 청소하고 싶어진다. 그런 날은 유독 안 보이던 먼지와 물때도 선명하게 보인다. 청소를 말끔히 하고 흐트러진 물건을 정리하고 나면 마음도 안정되고 평화롭다. 내가 사는 공간을 정리하면 퇴근해서 더 편하게 쉴 수 있고 그래서 출근해서도 맡은 일에 더 집중할 수 있다.

가끔씩 어지럽혀진 책상을 보면 지금 내 마음이 어지럽다는 것을 알게 된다. 또 내가 사는 집도 제대로 정리하지 못하면서 다른 사람에게 도움을 준다는 게 어

함께여서 오늘도 행복합니다

불성설인 것 같다.

　그래서 되도록 비우는 삶을 살려고 한다. 사용하지 않는 물건들을 정리하고 비우면서, 어지럽고 심란한 내 마음이 비워지고 정리되는 것을 느낀다. 마음이 심란하고 무언가에 집중이 안 된다면 책상 위부터 정리해 보시길. 진심으로 강추다.

이제 곧
당신이 피어날 시간

저 아이는 왜 저래?
저 아이는 왜 저렇게 생겼어?
저 아이는 왜 저렇게 건강이 나빠 보여?

신생아실에 누워 있는 아기들을 보면서 이렇게 말
하는 사람은 없을 거다. 저 아이는 대통령이 될 거야, 저
아이는 거지가 될 거야, 라고 미리 단정하는 사람도 없
다. 모든 걸 울음으로만 표현하고 스스로 먹을 것을 찾
지도 못하는 작은 생명체를 바라보며, 우리는 그저 함

함께여서 오늘도 행복합니다

박웃음을 지을 뿐이다.

그럼 어른이 된 우리들은 어떨까? 대소변 가리는 건 물론이고, 아이에 비해 잘 울지도 않으며 자기 밥벌이도 할 줄 아는, 한 인간으로 살아가고 있다. 그러나 신생아 때보다 훨씬 더 많은 능력을 가졌는데도, 우리는 스스로 한계를 정하고 미리 절망하며 하루하루를 보낸다.

나는 그게 정말 안타깝다. 현장에서 사람들을 만나다 보면, 그들도 처음 세상에 나왔을 때는 누군가에게 무한한 사랑을 받고, 또 사랑을 주는 존재였을 텐데, 어른이 되고 현실 생활에 치이면서 점점 그 사실을 잊어가는 것 같다. 물론 나조차도 '아, 나는 신생아 때보다 능력도 많고! 엄청난 사랑을 받고 자랐어!'라고 생각하지는 않는다. 하지만, 때때로 문득문득 그 사실을 자각할 때가 있다.

이따금씩 어린 나이에도 인생을 다 산 것처럼 자기 자신과 모든 것을 포기한 채 무기력한 모습을 보이는 사람이 있다. 이제 갓 스무 살이라는 한 여자아이가 그랬다. 더는 살고 싶지 않아서 락스를 먹었다는 그녀는 현장에 도착했을 때 남자친구와 함께였다.

다행히 의식은 명료했다. 남자친구의 말로는 이번이 처음이 아니고, 여자친구가 평소에도 우울증 약을 복용하고 있었다고 했다. 나는 그녀에게 '지금 의식이 명료하더라도 일단 락스를 마셨기 때문에 병원에 가서 위세척이 필요하다'고 말하며 병원에 가자고 설득했다. 하지만 그 아이는 온몸에 힘을 쭉 뺀 채 무기력할 뿐이었다. 결국 함께 출동한 구급대원들의 부축을 받아 엘리베이터도 없는 건물을 걸어 내려왔는데, 다리에 힘도 주지 않아 마치 어딘가로 연행되어 가는 모습 같았다.


꽃들마다 피는 시기가 다르고 그 모양도 각양각색인 것처럼, 나는 모든 사람이 피어나는 저마다의 시기와 저마다의 아름다움이 있다고 생각한다. 자기만의 빛과 가능성을 내재한 사람들인데, 잠깐 몸과 마음에 고통이 찾아와 구급대원인 나에게 도움을 요청한 것이라 여긴다.

연예인이 처음 데뷔 때보다 방송을 하면서 더 매력적이고 세련되게 모습이 변하는 걸 흔히 '카메라 마사지를 받았다'고 말한다. 물론 카메라 앞에 자주 서면서 익숙해진 영향도 있겠지만, 자신이 어떤 모습으로 비치는지 계속 모니터한 이유도 클 것이다. 어떤 각도에서 어떤 표정을 짓고, 어떤 색깔의 옷을 입고 있을 때 자신이 가장 빛나는지 알게 되기 때문이다. 우리가 연예인은 아니지만, 어떤 모습일 때, 누구와 함께 있을 때, 어떤 생각을 갖고 있을 때 스스로 가장 빛나고 돋보이는지 하나씩 알아보는 것은 참 중요하다.

직접 눈으로 보는 자연은 형언할 수 없이 아름답다. 그 어떤 물감으로도 자연이 빚은 색을 표현할 수 없다. 이 자연 안에 사는 우리도 각자의 색과 향기를 뿜어내는 존재다. 우리에게 필요한 건, 자신이 피어날 때를 위해 기다리는 것. 지금 이 순간에 충실하고, 즐길 줄 아는 마음을 갖는 것.

나 또한 아직 내 꽃을 피우진 않았다고 생각한다. 지금 자라나는 중이며, 꽃을 피워가는 과정이다. 그리고 꽃은 한 번만 피지 않는다. 지고 피어나고 또 지고 또 피어난다. 이렇게 모든 사람이 각자의 꽃을 피우고 조화를 이루며 살아가다 보면, 내일은 분명 오늘보다 더 웃음 짓는 날이 많아질 거다.

함께여서 오늘도 행복합니다

# 구급차가 보이면, 이렇게 길을 터주세요

운전자의 길 터주기가 중요한 이유는 재난 현장에 신속히 출동해 골든타임을 확보하기 위해서다. 화재 출동, 심정지나 호흡곤란과 같은 중증환자를 위한 출동에서 골든타임은 4~6분. 운전을 하다가 소방차나 구급차의 벨 소리를 듣고, 순간 어찌해야 할지 당황한 적이 있다면, 다음을 눈여겨보자. 길 터주는 데도 방법이 있다.

1. 교차로나 교차로 부근에서는 교차로를 피해 도로 우측 가장자리에 일시정지를 한다.

2. 일방통행로에서는 우측 가장자리에 일시정지를 한다

(긴급 자동차의 통행 지장이 우려될 때는 좌측 가장자리로 일시정지 가능).

3. 편도 1차선 도로에서는 우측 가장자리로 최대한 진로를 양보하며 운전하거나 일시정지를 한다.

4. 편도 2차선 도로에서는 긴급차량이 1차선으로 갈 수 있도록 일반차량은 2차선으로 양보 운전을 한다.

5. 편도 3차선 이상 도로에서는 긴급차량이 2차선으로 갈 수 있도록 일반차량은 1차선(좌)과 3차선(우)으로 양보 운전을 한다.

6. 횡단보도에서 긴급차량이 보이면 보행자는 횡단보도에서 잠시 멈춰야 한다.

출처: 소방차 길 터주기, 소방청 보도자료

## 에필로그

　내가 만난 현장과 그곳에서 만난 사람들, 같이 일한 동료들 모두가 나의 스승이었다.

　화재 현장이나 자연재해 앞에서 인간은 한없이 겸손해질 수밖에 없음을 배웠고, 어린아이를 학대해 죽음에 이르게 한 부모에게서 인간이 어디까지 최악일 수 있는지 보았다. 크나큰 사건 현장에서 내 한계에도 부딪혀봤으며, 갓 태어난 신생아를 태우고 병원으로 향하는 구급차 안에서, 요양원에서 심정지가 온 노인을 이송하면서 삶의 희로애락을 보았다. 내가 현장에서 다른 사람의 도움이 필요할 때 당연하다는 듯 도움을 베푼 시민들에게서 세상에 '선'이 존재함을 보았고,

이 일을 하는 동안에도, 일상을 살아가는 동안에도 나는 많은 사람의 도움을 받고 있음을 알았다. 하루아침에 가족을 잃은 분들을 현장에서 만나며 내 곁에 있는 사람들이 얼마나 소중한지 깨달았고, 심정지로 죽음의 문턱까지 갔다가 심폐소생술로 다시 삶을 살게 된 분들을 통해 지금 이 순간이 얼마나 소중하고 가치 있는 시간인지 절실히 느꼈다. 또 공부를 하면 할수록 더 많은 사람에게 도움이 될 수 있음을 직접 경험했고, 매일 환자를 만나면서 지금 누리는 건강이 얼마나 감사한 것인지 배웠으며, 거의 매일 다른 사람의 죽음을 마주하며 후회하지 않는 삶을 살아야 함을 깨달았다. 내 생각보다 다른 사람들을 도와주고 걱정해 주는 가슴 따뜻한 사람이 많음을 알았고, 사람을 죽이기도 살리기도 하는 말의 힘을 보았으며, 따뜻한 말 한마디가 환자에게 그리고 우리 모두에게 얼마나 중요한지를 알게 되었다.

처음에는 가슴 철렁하게 만들던 출동 벨 소리가, 이제는 울리지 않으면 허전하고 이상할 정도로 익숙해졌다. 수십 년 동안 같은 일을 해오고 있는 선배들의 모습을 보며 존경스럽다는 느낌과 동시에 어떻게 그렇게 오랫동안 이 조직에 몸담아 일할 수 있었을까 경외심마저 들었다.

소방관으로 일하기에 녹록지 않은 신체 조건과 성격을 가진 평범한 사람을, 소방관으로 거듭나게 이끌어준 주위의 많은 선후배에게 깊은 감사를 표한다.

끝으로 현장에서, 각자의 위치에서 국민의 생명과 재산을 지키기 위해 늘 고군분투하고 있는 세상 모든 소방관에게 이 책을 바친다.

**출동 중인
119구급대원입니다**

**1판 1쇄 발행** 2021년 10월 20일
**1판 2쇄 발행** 2023년 6월 22일

**지은이** 윤현정

**발행인** 양원석 **편집장** 차선화 **편집** 김기남
**디자인** 남미현, 김미선 **영업마케팅** 윤우성, 박소정, 이현주

**펴낸 곳** ㈜알에이치코리아
**주소** 서울시 금천구 가산디지털2로 53, 20층 (가산동, 한라시그마밸리)
**편집문의** 02-6443-8861 **도서문의** 02-6443-8800
**홈페이지** http://rhk.co.kr **등록** 2004년 1월 15일 제2-3726호

**ISBN** 978-89-255-7929-0 (03810)